警苑散记

梁路峰 著

北方联合出版传媒（集团）股份有限公司
春风文艺出版社
·沈阳·

图书在版编目（CIP）数据

警苑散记 / 梁路峰著 . — 沈阳 : 春风文艺出版社，2023.1

ISBN 978-7-5313-6248-7

Ⅰ . ①警… Ⅱ . ①梁… Ⅲ . ①散文集－中国－当代 Ⅳ . ① I267

中国版本图书馆 CIP 数据核字（2022）第 077744 号

北方联合出版传媒（集团）股份有限公司
春风文艺出版社出版发行
http://www.chunfengwenyi.com
沈阳市和平区十一纬路 25 号　　邮编：110003
成都市兴雅致印务有限责任公司印刷

责任编辑：韩　喆　　　　　　　　助理编辑：平青立
装帧设计：四川悟阅文化传播有限公司　责任校对：陈　杰
字　　数：208 千字　　　　　　　幅面尺寸：145mm×210mm
版　　次：2023 年 1 月第 1 版　　印　　次：2023 年 1 月第 1 次
印　　张：8　　　　　　　　　　定　　价：68.00 元
书　　号：ISBN 978-7-5313-6248-7

序

坚守公安文学这方净土，坚守公安文学创作这个永恒的主题，坚守公安文学的信念，写警察的命运，写警察的人生起伏，写警察的悲欢离合，写警察职业的艰难困苦；写社会世态美丑善恶，写人生启迪、警世省悟、爱情故事、奋斗励志、大千世界、人生职场、悲欢离合、风华岁月、古今趣事，这就是警营作家的责任和使命。

职业是命运的天使，而命运是职业的灵魂。始终把握警察命运的这条主线，抓住命运给予的机会，记录警察的喜怒哀乐、甜酸苦辣，纵情而肆意创作，弘扬主旋律，创写警察职业命运的正能量，这也是一个警营作家的责任和使命。

任何职业都是为人类社会服务的，而任何职业都需要热爱、需要坚守、需要付出。而热爱、坚守和付出，均与人类自身的善良、信仰、兴趣、荣誉相关。公安文学创作需要坚守、热爱和付出，一个公安文学作家把创作着眼于警察这个特殊的职业，寻找职业和命运的复杂脉络，积极弘扬时代主旋律，只有汇入时代的主流，才会有广阔的前途，才能锻造出传世之作。公安文学创作需要紧跟时代发展步伐，准确把握时代主题，用富有时代气息的形式和语言，创作出更多反映时代主旋律的精品力作，这样才能对得起一个作家的责任和使命。

文学创作是艰苦的精神劳动，是作家对生活的勘探、开掘与发现。公安文学创作需要不断深入生活、汲取营养，把警察的生活和命运作为文学创作的源头活水，这就需要一个作家具有"钉子精神"，树立马克思主义文艺观，不断加深对社会主义核心价值体系内涵的理解，在多重价值的矛盾和冲突中树立创作主导地位，把社会主义核心价值体系的要求体现在创作实践中，讴歌真善美，鞭挞假恶丑，传播先进文化，抵制腐朽文化，更好地引领各种文化思潮和文化追求，具有先进性和先锋性。一个写作者，需要用文学语言塑造艺术形象、反映社会生活，传达作家对历史、对社会、对人生的价值取向；要创作出能够启迪人、影响人的文学作品，首先就要有主心骨，有正确的创作思想观，要有始终不渝的拼搏、上进精神。

我是一个从农村走出来的苦孩子，从小爱读书，也爱做文学梦，高中毕业没有考上大学，为了求生存，回家种田，一年后，不甘心面对黄土背朝天，因了对文学的追求，经历过诸多生活的苦难，也经历了多种职业的磨炼，三十二岁那年，因写作而进入警察队伍，成为警营一名写手，记录警察的生活和职业的奉献。对公安文学一直坚守，不弃不离，用生命书写警察人生与命运，永不停歇。

是以为序。

2022 年 5 月 16 日

目　录
CONTENTS

警营足迹

记忆乡愁

生如夏花

生命的浪花

警界先锋

警营足迹

刑警队里的故事

从乡镇文化站到遂川安村水电工程指挥部，一年后，转入公安新闻战线，我的人生突然来了一个一百八十度的转身。

去公安局报到的那天上午，秘书科办公室来了四位身穿警服、表情威严、魁梧高大的中年警官。科长把我引领到一名中年警官面前说："这是刑警大队的郭大队长，他等候你多时了，你先到刑警大队去锻炼几个月吧，然后再回秘书科来上班。"

郭大队长二话不说，抢了我的行李包，说了一声："跟我走！"

我被郭大队长领到了刑警大队的办公室。

刑警大队在一栋直立单面墙体五层楼的砖瓦结构的老房子里，一层是治安科、预审科，有一间办事的办公室，有三间警员办公室。上到二楼，长长的走廊，一字排开的办公室，走廊外围是铁架栅栏，站在走廊，能看见对面秘书科、政工纪检、督察办公所在的大楼。两栋楼之间的空地上是一个宽敞的操场，操场周围有九棵参天大树。我不知道这九棵大树叫什么名字，分东南西北，掺杂两棵，树冠高大，腰粗体壮，后来我才知道，这九棵参天大树叫杨树，当地人也叫和树。每到秋天，和树会结果子，一串串的，秋风一吹，满地的树叶子和果子，铺天盖地的，煞是好看。和树一年四季都郁郁葱葱的，枝大叶浓，树影婆娑。大树底下好乘凉，闲暇，警官都喜欢在这些树下休息、读书、训练、集合、练操、比赛。

刑警大队的办公室里都是陌生的电脑、照相机、摄像机、警用文件柜。从一个个陌生的面孔身边走过时，刑警都投来友好而严峻的目光。我想，这就是一个抓犯人、破案子的战警团队呀。他们一个个都是身怀绝技的刑警。我终于见到他们的真实面貌了。我想：我就要与他们一起生活、破案了，多么神圣和庄严！

郭大队长朝一个瘦高个子说："老王，你以后就是他的助手，以后的新闻、摄像、拍照、写稿，你向他求教。"说完，郭大队长算是对我的工作做了一个交代，迈着轻盈的脚步离去。

天哪，我初来乍到，对警察的生活、工作都很陌生，从来没做过公安宣传，郭大队长怎么第一天就给了我猝不及防的高压棒啊！我颤颤抖抖，连忙向刑警老王说："我刚来，一切都还不懂，还请您多教教我。"

"据说你在各种大报上发表过许多作品，小说写得很棒，你还没到我们公安局，写我们刑警大队的稿子就上省报头条了，你是大笔杆子，我终于可以松松担子了……"老王既高兴又兴奋地说。

其实老王并不老，他比我年轻五六岁，在刑警大队办公室做宣传工作已经三年了。刑警大队缺少一个既能写又能摄像的宣传人员，刑警大队找了好多人都没找到合适的。而那位老王拍摄出来的新闻片子和写出来的文字，新闻部门总是不太满意。这也怪不得老王，因为他是搞刑侦出身的，一门心思要破案，让他搞文字、扛机子、拍片子，当真是难为他了。他说领导没马把他当驴骑了，他多次向大队长提出自己的担忧，可没办法呀，事在人为，他硬着头皮冲锋陷阵了。

第二天一上班，刑警大队教导员告诉我，昨天报到，治安科、政工科、政保大队的一把手都争着要我去他们的部门做宣传工作，郭冬大队长先下手为强，硬是强行把我给"抢"走了。

后来，我才明白，局长没有让我直接坐办公室做宣传文秘工作，是要把我推到刑侦一线去吃苦，磨炼意志，是要我去体验刑警生活，让我知道刑警是怎么破案的，为我今后写好公安新闻打伏笔。我恍然大悟，局长原来是用心良苦哇。

我成为刑警大队的一员，既高兴又紧张，当一名刑警是我梦寐以求的，终于如愿以偿。打那天起，只要刑警大队一有案子，郭大队长出发时就叫上我，要我扛上摄像机，带上照相机，随警作战。破案后，我写新闻消息稿，一篇给电视台，一篇给新闻报纸，写完新闻稿后，我接着写侦破通讯、写特稿。老王跟我学了3个月，学到了不少写稿的章法，半年后他也能独当一面做宣传工作了。可是，他还一门心思要求调回大案中队去做他的侦查专业老本行。

于是，扛摄像机、照相、写新闻稿的差事全落在了我的肩上。只要出警，郭大队长一定要叫上我，要我到现场拍摄电视新闻，抓拍新闻照片。经历了无数个大大小小刑事案件的侦破，我拍的警方行动新闻经常在江西省电视台、吉安市电视台《警方视点》等专题栏目播出，遂川县电视台设立了《警方行动》专栏，有好几起大案要案还上了中央电视台法制栏目、江西卫视《晚间800》。文字稿件还上了国家级报刊。省市报刊上几乎天天有遂川警方的新闻。

在刑警大队跟班的半年，我与这支刑侦队伍有了深厚的感情，对每一位刑警都有一种敬慕。郭大队长破案神勇，办事雷厉风行，有一种铁骨铮铮的豪气。

郭大队长三十七八岁，从警16年，担任刑警大队长8年，破案无数，抓获犯罪嫌疑人2000余名。他是公安大学刑侦专业科班毕业生，国字形脸上时常保持冷峻的表情，一双闪烁的眼睛犹如真金烈火。他性格开朗，思维敏捷，办案风风火火，侦查案件粗中有细，细中缜密。郭大队长侦破过百余起大案要案，荣立三等功三次、二等功一次，被评为"全省优秀人民警察"。

在刑警大队跟班作战8个月，我开始对刑警这个职业有了深层次的了解。之前在电影里看到的警察的英勇形象就在眼前成为现实。刑警大队20多位战友亲如兄弟，在每一次行动中，每一个侦破案件现场，郭大队长总是安排一名刑警保护我的安全，当我有困难时，他们总是及时地出现在我的身边。有一次，在大山里蹲坑抓捕两名杀人逃犯时，我随大案中队的刑警两天两夜守株待兔没合眼，饿了，他们宁愿自己饿着，把不足的干粮分给我吃；渴了，他们跑老远去买矿泉水给我喝。久而久之，我对刑警兄弟们的品格肃然起敬，对他们倍加尊重和敬仰。刑警大队战友们勇敢顽强、果断机智、敢打敢拼的精神深深震撼了我，一个个生龙活虎的刑警丰富了我的写作源泉。此后，便有了我采写的《刑警队里的故事》《刑警大队长》《法医神探》《刑警哥们》《曾耿明与警犬"雄鹰"》《刑警的岁月》《铁血刑警》等一批刑警报告文学和文学作品在各级报刊发表。

郭大队长是刑警大队的领头羊，有胆有识，敢于担当。一次围捕一名持枪杀人犯，他面对枪口，奋不顾身地冲进歹徒的房间，成功擒获一名持枪凶徒，那惊心动魄的一刻却让我忘记了按下快门，这是做宣传工作以来最遗憾的事。

那是一个黑得伸手不见五指的深夜。公安局大院里静悄悄的，操场上漆黑一片，突然一阵"当当当、当当当"急促的集合钟声在院子里响起。

钟声划破夜空，警情就是命令！整个大院刹那间灯光四射，灯火通明。刑警大楼，治安科、政保科、秘书科里的灯光亮了。钟声就是命令，院子里的两栋办公大楼开始人头晃动，我从床上跳起来，穿上警服，跑步赶到办公室。

一进办公室，只见肖科长早已全副武装。我问肖科长："什么情况？"肖科长说："带上家伙，一会儿你就知道了，赶紧集合去吧！"我听见刑警大队长在院子里喊："全体队员赶紧到操场集合，动作快点，快点……"霎时，操场上的灯光如昼，3分钟，操场上站立5个纵队，不一会儿，18名荷枪实弹的武警战士跑步来到了操场，列队集合。

局长的脸色凝重，他身后站着两名身姿挺拔的军人，我一看这阵势，深感有大案发生。操场上，刑警科、治安科、政保科、户籍科、秘书科、后勤科的民警也都上阵了，操场上的空气陡然紧张起来。政委点名后，局长开始布置："同志们，有一个广东的持枪歹徒窜入我县。此人当过兵，盗窃广东某部武器，连杀两人，逃往江西。经查，持枪歹徒今天下午4时入住春风宾馆。今晚必须拿下这个穷凶极恶的歹徒！否则将危害更多无辜生命……这个歹徒持有一支冲锋枪、两支手枪，子弹200发……考验我们这支队伍的时刻到了。"听见局长的一番话，我浑身起了鸡皮疙瘩。

周密部署、细致分工、成立特战队，分成若干围追阻击行动小组。局长一声令下，特战小组迅即奔赴现场，各司其职，等待攻击命令。

特战队队长由郭冬担任，他挑选了6名骁勇善战的刑警与8名武警战士组成了攻击特战队。郭冬把我列入了特战队，让一名武警战士保护我。我又惊又喜，感到从未有过的紧张和兴奋，我把所有的武器装备全部带在身上。

谁担任主攻，由谁破门？6 名刑警争相请缨，武警班长、班副争先恐后报名。这是生与死的考验，歹徒手里有枪，刑警的使命与担当，此刻最是表现职责重任的关键时刻。郭冬最后说："我是大队长，你们谁也别争了，我在前，身后是武警班长，接下……"郭冬斩钉截铁地分工。

凌晨 3 时 20 分，攻击特战队悄悄兵分两路包抄宾馆 304 房间。攻击命令发出后，郭冬如猛虎下山破门而入，将正坐在房间里床上的歹徒扑倒，武警战士和 6 名刑警闪电般冲进房间，将歹徒死死摁住，持枪匪徒束手就擒，当场缴获了已上膛的微型冲锋枪一支、手枪两支，子弹 200 发，人赃俱获。

在这场惊心动魄的擒狼行动中，郭冬大队长率领特战队员不费一枪一弹成功完成任务。就在这一刻，眼前闪电般的神速战斗让我惊呆了，我忘记按下快门，至今，我一直后悔不已。事后，我写了《黎明前的决战》，一周后纷纷见诸《法制日报》《人民公安报》《中国工人》《江西日报》《江西法制报》等全国各地报纸杂志。

郭冬就是这么一个不怕死的刑警大队长，他经历过无数次的生与死的锤炼，始终保持着旺盛的战斗精力，一次次将重大案情危机化险为夷，一个个逃犯落在他的手中。有一次，郭大队长追捕一名逃匿 12 年的罪犯，他单枪匹马在深山老林追踪 21 公里，逃犯无处可逃，从 10 余米山崖跳下去，郭大队长毫不犹豫，纵身一跃，跳下山崖，死死抱住逃犯不放。增援的同事赶来后发现，郭大队长的左脚骨折，右脚挫伤，他忍住剧痛把罪犯解押回刑警大队，办理好送监关押手续才住进医院治疗。

刑警大队是一支能战能胜的尖刀团队，刑警的战斗力是检验指挥员的试金石。郭冬就是这么一个优秀的指挥员，他不怕死，敢于挑战罪犯，勇于面对绝境，这就是郭冬过人的品格。

　　刑警，用血肉之躯换来了千家万户的幸福安宁；用赤诚奉献，在百姓心中铸就了一座座丰碑。刑警，随时将做出牺牲，舍弃青春和爱情，用热血浇筑天下太平。

　　刑警的生活是多彩的，刑警的职业是神圣的，刑警的使命是高尚的，他们是血性汉子，在刑警大队的八个月，是我人生最丰富的日子。

刑警的誓言

刑警，一个响亮而又陌生、熟悉而又神秘的职业。

刑警，一袭威严的警装，智勇双全，铁骨铮铮；一身浩然正气，高大俊朗，虎虎生威。

面对危难险重，你总是临危不惧、身手不凡；面对疑雾谜案，你总是寻踪觅迹、抽丝剥茧。有你，就有精彩的故事；有你，就有炽热的警魂，有人把你比作奔驰的战马，也有人把你比作一把锋锐的"倚天除魔"剑。

你是警察队伍中一个特殊的警种，你的内涵博大精深；你是没有硝烟战场上的神鹰，你永远拼杀在侦查破案的第一线；你是和平年代与死神握手的勇士，你是当代刑侦战场上的福尔摩斯。

案发了，你从现场寻找蛛丝马迹，从千头万绪、错综复杂的线索中查找物证、人证，在大数据中大海捞针般锁定犯罪嫌疑人。抓捕中，你无怨无悔，千里追踪，不眠不休蹲点守候，如刀尖上的舞者完成抓获罪犯的任务。审讯中，你以刑警特有的睿智和旺盛的精力与犯罪嫌疑人面对面较量，与其斗智斗勇，让其认罪服法。

每一起案件所经历的过程，有的只有几个小时，有的几天，而有的却要经历一两年或三五年，甚至十几二十几年，直到把你的头发熬白。破案的喜悦与痛苦，也许只有你自己才能真正体味。

如果你没有追求、没有信念、没有职业精神，你是不可能体味到破案的喜悦与痛苦的。在你的职业生涯中，除了破案、破案，还是破案，似乎听不到任务重、加班多、压力大的抱怨，你也从不与其他警种或公务员攀比。你知道，攀比会让你失去职业的操守。

你执着的信念是案件不破不休，百姓不安不眠，国家不宁不停。你知道，每一起案件的侦破都是一次挑战，也是一场你死我活的较量，你只有执着才能成为最后的赢家。

你是一名优秀的战将，你是一名智慧的猎手，在侦破每一起案件时都会细之又细、慎之又慎，而你对待自己的生活则是粗之又粗。难怪古人说："夫英雄者，胸怀大志，腹有良谋，有包藏宇宙之机，吞吐天地之志者也。"你常怀古人之志，你说一个人的精神境界越高，成就的事业就越大。

你是时代的英雄。世界上有些人不是被肉体上的痛苦压倒的，而是在精神上被击垮的。你时刻面临精神上、肉体上巨大的压力，但你从容面对。所谓压力越大，动力也就越大，这种化压力为动力的精神一直在推动你前进，不畏艰险、连续作战的精神，在你的身上传承——你就是那把"倚天除魔"剑，令犯罪嫌疑人闻风丧胆的剑。

当今社会，竞争日趋激烈，很多公司、企业都在给自己的职员灌输职业精神，就连一些商场、美容美发中心，每天早上都会组织职员进行晨练，同时会高喊一些"我们是最好的、我们是最棒的"口号。道理很简单，这是因为一种精神决定一个团队的价值取向，继而深刻影响一个单位的业绩，一个松散、毫无朝气的团队不可能取得骄人的战绩，更不会成为博弈的赢家。

是呀，夜深人静时，你却正在审讯刚刚抓获的犯罪嫌疑人。而当人们一觉醒来看见东方日出时，你却还在继续收集犯罪的证据……如果说，有这么一个团队在固守着自己传承已久的职业精神，不是为了金钱，也不是为了享乐，而是为了责任与荣誉而战，那就是你！那就是刑警！

嘿，我的刑警兄弟！

刑警本色

你属于形形色色、没完没了的现场；你属于厚厚薄薄、没头没尾的案卷；你属于呼啸而来又呼啸而去的警笛；你属于由国徽、盾牌、长城和松枝构成的庄严警徽。

你献身天生与罪恶为敌、与蒙昧搏杀、与狡诈较量的职业。

你注定要面对的总是凶手作恶后遗弃的现场；你注定要从茫茫大海中捞起一枚枚"孽针"，你拼力发动全部的视觉、嗅觉、触觉……把自己变成一个强大的磁场，将那一枚枚"孽针"牢牢捕捉、盯死。

于是，你总是在黑夜与黎明交替的时刻，把自己埋伏成一只伺机出击的虎豹，绷紧的神经与灼热的视线结成一张恢恢的法网，缚住那一个个流窜于理智与法律之外的足音。

你不喜欢悲剧，甚至哭声，但悲剧和哭声常常尖锐地刺痛你的耳膜；你憎恨黑暗，甚至阴影，但不得不与黑暗和阴影打交道；你不愿面对尸体，甚至鲜血，但尸体和鲜血往往以一种突然的方式撞入你的视野。

从不重复的奇案，经常不请自来地挤进你那扇没有退路的门，在你眉头紧锁的时候，发出一阵阵诡谲而充满挑衅的笑声。

你锲而不舍地追踪那破译奇案的"密码"，凭你超常的智力、毅力和穿透力，还有那豪情万丈的铁骨神气。

你穿行在作恶者的仇视与恐惧中；你穿行于受害者的期待与热望里。

你有一种与生俱来的刚直，这刚直已与正义水乳交融，上升为一种至高无上的境界。

你深邃的目光如寒剑刀锋，让罪犯无法找到一丝温情；你凛然的双眼涌起血性，让说情者总是碰得鼻青脸肿。

有时，你用枪发布流血的新闻，让凶恶渣滓的污血，裹着卑鄙的人性、丑恶的毒菌，流入罪恶的泥潭。

为了忠诚于法律，你不止一次地与死神擦肩而过。你说，你鄙视死亡！即使有一天你会倒下，那不倒的头颅依然会成为不屈的路标，那不倒的身躯将会长成一棵橄榄树，片片叶脉奔涌的依然是刑警的本色！

为了使命的召唤，你回避了安逸，淡漠了温馨，远离了幸福，与艰难、与磨难、与孤独、与危险结成亲密的伴侣。

你总是预支出发，总是错过归期，总是让妻子站成一座寂寞的孤岛。

警铃总是把你的圆月与圆梦，拉成一条风驰电掣的道路冲向夜幕，冲向那夜色无法掩饰的凶恶和黑暗；你总是那么坚韧地蛰伏在罪恶的旁边，用血肉之躯抵御万恶之箭，带给百姓希望和光明。

你别无选择，从你选择做刑警的第一天，你就只能选择一种与众不同的生活方式；选择与众不同的人生轨迹，你的本色就是与罪恶决裂！

你穿行在一个现场与另一个现场之间，你常常用警笛为一桩血案画上一个句号。

于是，你用火眼金睛虎视眈眈地洞察着人间的牛鬼蛇神，只为铲除那可恶的毒瘤。

为了神圣的诺言，你注定要以生命去填写一份血与火的履历，注定要把青春交给无数沉重如铅的日子。

刑警，你是我的好兄弟，你总是英姿飒爽、斗志昂扬！你是智勇双全的血性汉子，你是屡建奇功的警界英豪；你在春夏秋冬的风霜雨雪中命悬一线，虎虎生威的步伐敲响了魑魅魍魉的丧钟，铸造了一种柔情侠骨的铁血精神！

感悟警察

警察，《辞海》曰："武装性质的维护社会秩序的国家公职人员。"在有些人眼里，做警察的简直太潇洒了：警装威武、薪水丰厚、办事顺当……

其实不然。这年头，吃警察这碗饭的确不容易了。不管是刑警、巡警、交警、治安警，还是森林警、狱警、防暴警……他们时时刻刻都面临生命的危险，他们时常经受艰难困苦的考验。除此之外，各种各样的"紧箍"也时刻套在头上，叫你不得越雷池半步。

大家都看过电视剧《警察李酒瓶》吧，那只是作家笔下的人物形象而已。事实上，现实生活中的警察，现在可以说是与酒绝缘了。公安部颁发的"五条禁令""八项规定"中，有好几条跟酒有关：携带枪支饮酒者，辞退或开除；酒后驾驶机动车者，辞退或开除；工作时间饮酒的，轻则纪律处分，重则辞退或开除！这不，据报刊披露，"五条禁令"颁布一个月，国内公安机关就有20多名警察因涉及酒后驾车、酒后滋事等"违禁"行为被辞退或开除。时下，从中央到地方，各级公安机关都有大大小小的明察暗访组在行使督察之职，警界内外流传着这么一句话："端起酒杯，丢掉饭碗！"禁酒、禁赌等"五条禁令"的初衷是出于对警察及其家庭的一种关爱，"五条禁令"的施行更表明了警察职业的严肃性。

警察的苦和累是大家有目共睹的。不要说警察面对生死义不容辞，面对刀枪火海义无反顾、赴汤蹈火。单说逢年过节，别人可以回家团圆，可警察却要加班加点，昼夜守护，巡逻在大街小巷、国道、省道线上，有的还要坚守在偏远的山区派出所。国家法定的双休日，对于民警来说，跟平常的工作日比也没有什么不同。警察24小时巡防在城市的每一条大街小巷、每一个村坊角落、每一条小径通道。当人们沉浸在甜蜜的睡梦中时，夜班警察却废寝忘食、忠于职守、四处奔波、不辞辛劳。

警察都说：苦了我一人，幸福千万家。值！有的警察的生活条件还很艰苦，有的警察妻子下岗，子女无工作，日子苦不堪言；有的警察甘守清贫，一生两袖清风，生活普普通通……但这些警察能很坦然地说："虽贫困但不灭意志！"并且自己安慰自己说："警察的命职责注定！"

其实，做警察的时常面临生命的危险，时刻面临艰苦的挑战。每年都有许多警察因公负伤和捐躯，有不少警察抱病鏖战直至生命的终点。他们不仅饱尝艰险和磨难，还要忍辱负重，承受常人难以承受的各种委屈。

当然，警察队伍中也不排除腐败分子，但是警察一向纪律严明，处罚严厉，对于害群之马，绝对扫地出门，坚决清除不手软。

"警察有泪不轻弹"。是呀，警察也是人，他们也是血肉之躯，也有妻儿老小，也有七情六欲！然而，常人能享受的东西，他们却难以享受！别人难以承受的一些委屈和危险，他们却要义无反顾地去承受，有时甚至要付出鲜血和生命的代价！是什么精神支撑着他们如此坚强呢？我想，除了诸多警嫂的默默支持和奉献外，最主要的就是头顶警徽、身穿警服的那份责任感、神圣感、约束感！

　　警察有苦也有乐，但警察无私无畏、胸怀坦荡、笑傲苦难、正气凛然！

笔耕不辍写春秋

1994年3月，我从遂川安村水电工程建设指挥部选聘来到遂川县公安局秘书科担任文书，负责公安宣传、档案、信访、文秘、调研工作，承担了大量的日常事务，负责收发起草文件、上传下达、总结报告、实施方案等繁杂的事务，几乎天天忙得团团转，但我始终坚持挤出时间，保持清醒的思路写新闻稿、写文学作品。

为写好新闻稿，我放弃休假日，别人在喝酒猜拳、上街游玩、打牌闲聊，我却坐在办公桌前苦苦构思，刻苦写稿。20世纪90年代初，没有电脑网络，只有一字一句执笔写稿，有时为了写好一篇千字新闻稿件，不厌其烦，重写重抄四五遍，直到满意为止。稿件写好后，请同事看，请领导审阅，征求办案民警的意见，虚心求教。1996年，我局开始创省优、争国优，我的工作量更大了，每天工作时间不少于18个小时，有时为了写好一篇稿件、一份汇报材料或事迹报告，吃不好，睡不着，经常工作到凌晨两三点钟才休息。日复一日，年复一年，我每年要写三四百篇新闻稿件，以及100多篇共计50余万字的纪实文学作品、公安法制特别报道，同时还得撰写10多篇在省市级公安系统内部刊物发表的调研文章。

写稿路上有苦有乐，有甜也有酸。每逢局里有重大行动或重大案情，我自告奋勇随警参战，深入现场采访，和刑警一起查线索，析案情，蹲坑守候，风餐露宿，掌握第一手素材。破案后，我马不停蹄地伏案撰写稿件，经常一写就是一个通宵，直到稿件见诸报刊，我才拖着疲惫的身子，长长地松一口气。

1998年5月，遂川发生了一起特大杀人沉尸案。当时我正患重感冒，身体发高烧，获知出警消息，我从病床上一跃而起，骑车赶到现场，既参与侦查，又跟踪采访，经过一个星期随警采访，破案后，我挑灯夜战，撰写了一篇3000余字的侦破通讯稿件，分别被《人民公安报》《江西日报》《赣江大众报》《江西法制报》《井冈山报》等报刊采用，引起了较大的反响。

想写好新闻稿，要善于思考。20多年来，我坚持做到采访要细、写稿要精的原则，每当捕捉到了新闻，我就立即争分夺秒挤出时间深入细致地采访，坚持不道听途说，更不抽象看问题，不听信片面之词而动笔，不坐在办公室想当然地去写新闻。1999年4月中旬，遂川县发生一起因公媳不和发生的特大投毒杀人案，造成了一家五口两死一伤的严重后果。像这样的投毒案子并不复杂。怎么写？这就要求善于思考了。为写好这篇重要报道，我连夜采访办案民警。第二天一早，我又随办案民警来到看守所采访犯罪嫌疑人。随后，我两次深入现场调查，采访案发现场的群众及死者的亲朋好友，两次到看守所去采访犯罪嫌疑人。为写好这起案件稿件，我的采访整整记录了23页材料纸，记录的文字材料比后来发表的稿件文字要多几倍。采访回来后，我从多方面去思考，从犯罪的角度、法律的角度，从教育的角度，从道德伦理的角度，从家庭、情与法的社会效果和法制教育意义等方面去写，根据案情的特点，我仔细分析、琢磨、思考、取舍，最终形成了一篇 6000 多字的侦破纪实通讯，稿件投到《法制日报》《法制与社会》《法制与新闻》后，很快就被刊发了。

写新闻稿以来，首先，我养成了一个写好笔记的习惯，每当出差在外，或与领导下乡调研，或到基层派出所一线采访，对耳闻目睹的人和事随时随地展纸做笔记，有时连听到精妙的词汇语句都要写在本子上，记录下来。至今我的拖箱里放满了采访笔记的本子，共有 60 多本，为写稿积累了大量素材，使我在写稿时有了充足的资料，不为无米之炊而发愁，下笔成章。不少同志说我的稿件来得快，案件发生后三两天就见了报，这也与我的笔记是分不开的，这些资料素材成为我写稿最宝贵的资料。其次，我养成了随警作战现场写作的习惯，一边采访一边构思，一边写作。同事们在吃饭，我却还在整理资料，把获悉的案情整理成文，把新闻的最新感受写出来，把稿件尽快投出去。2002 年 9 月，我局在县电视台开辟了《警察风采》专题栏目，局里配备了一台摄像机和一台照相机，每星期一、星期五要播放公安专题节目，工作量之大，要求之严，令人难以适应，而我身背摄像机、照相机深入一线采访，起早摸黑加班加点，为尽快将录制的电视片送到电视台按时播出，我一边摄像，一边就地写稿，以快助快，往往事半功倍。

我长期坚持白天采访，收集资料，利用晚上和中午休息的时间一刻不停地伏案写稿。有时为了写好一篇稿件，通宵达旦、昼夜不停地工作。

古人云："不经一番寒彻骨，怎得梅花扑鼻香。"从事公安新闻写稿工作，首先就必须学会吃苦，否则成不了器，成不了才。30 多年的公安新闻写作经历，我体会到想要多上稿、上好稿、出精品，必须吃苦，只有拼搏、勤奋才是实现自己梦想的唯一出路。

2008 年 10 月，我的文学作品集《生命的诱惑》由中国文联出版社出版发行，作品以农村生活题材为主，以惩恶扬善、警示教化为创作主旨，表达了我对养育自己的这片土地的深深爱恋和对扶持自己成长的父老乡亲的感恩之情。文学作品《苦妹》《夏之恋》《生命的诱惑》获得全国小说大奖赛二、三等奖；创作的法制特稿《血案迷踪》《惊心动魄 10 小时》《寻捕隐形毒手》《爱恨情仇酿苦果》等 20 多篇公安题材作品获得全国、省市级公安系统法制优秀作品奖。近年来，分别被邀请出席广东、湖北、厦门、海南、北京等地举办的全国公安作家笔会 30 多场，我的写作不断进步。

鲁院，红叶依然澎湃

金秋悄然来临，鲁迅文学院大院里的红枫又红了。早晨，红彤彤的太阳，金色满园。多年来，一批批文学人才走出这座备受瞩目的殿堂，成为一方文学的圣火，传遍大江南北。

2014年11月鲁院一别，不知不觉已是一周年，怀念鲁院，牵挂鲁院。一年来，心里装着的是鲁院，鲁院的一草一木依然青绿焕发，充满热情的希望，充满勃勃的生机。鲁院的一点一滴成为我文学人生中的不了情结，鲁院的一切不时浮现眼前，依然如故。

2014年9月14日，怀着热望与激动的心情，我来到了心驰神往的北京鲁院，带着无比兴奋的激情走进了神圣的鲁院文学殿堂，追寻我一生梦寐以求的文学梦，圆我久远的梦想。

当天12时20分，经历18小时的长途火车奔波，我到达北京西站，出了站，打的直奔鲁院。路上我拨打了班主任严迎春老师的电话，严老师告诉我前往鲁院的路线。到了鲁院楼下，我打电话给云南籍的孙可智同学，他放下手中的碗筷，下楼接我，为我办理入学手续。当我拿到了601室房卡的这一刻，我成为鲁院的一名学员，心情无比兴奋，更感到神圣的责任感和使命感。

走进鲁院，我感慨万分，迎着鲁院老师和同学们热情的目光，体会到了温暖如春的感觉。

下午 2 时 30 分，我伴随同学们走进了神圣的鲁院课堂，在宽敞整洁的课桌上找到我的名字，坐下的那一刻，我的心情无比激动。

在鲁院，我见到了诸多久慕伟名的大作家、评论家，有中国作家协会副主席李敬泽、何建明，全国公安文联主席祝春林，北京师范大学博士生导师张清华，著名作家麦家，鲁院常务副院长李一鸣，鲁院副院长、《人民文学》主编施战军，中国作家协会全国委员会委员、军旅作家周大新、叶小文，心理学家许燕等，我听这些知名大家的讲座。我还与著名作家、评论家李洱、顾建平进行文学对话，参加了陕军梯队作品研讨会。通过学习、互动交流、名家名作评点，以及鲁院老师悉心指导，我学到了从未学过的文学知识，使我终身受益，得益丰厚。

在鲁院，我与祝春林老师零距离接触，聆听了他激昂奋进、鼓舞人心的公安文学讲座，并和他合影，成为永远难忘的记忆。

在鲁院，我与院领导、班主任和诸多老师成为亲密的朋友，与和蔼可亲的导师面对面交流，与全国各地的同学讨论作品，探讨文学，各抒己见，他们充满智慧的观点、语重心长的教导，成为我一生中最珍贵的财富。

作为 48 名学员中年龄最大的一名老学员，我深深感到追赶前行的压力，如饥似渴地听讲，暗地里树立知难而进的信心，与同学共度美好的鲁院时光。

在鲁院学习的日子里，每一位教授、作家的演讲和教导都使我刻骨铭心，激励我在文学创作的道路上不断创新前行。

李敬泽、施战军、李师东、麦家、周大新、李洱、顾建平等著名作家的课，在我的脑海里留下了深刻的记忆。李一鸣副院长和鲁迅先生一样，弃医从文，任山东滨州医学院副院长时才35岁。之后在全国海选中一路过关斩将，最终以笔试、面试、职业能力和综合评价三项第一的绝对优势当选鲁院副院长，他是我们文学人的学习榜样。他学养深厚，讲课旁征博引，妙语连珠，让我久久难忘。李院长说，要写好文学作品，首先要把握当下文学存在的问题，了解作家创作时的心态。心态方面，主要有两种：一种是如王安忆所说的"一天天地写，一行行地写"，坚持而勤奋；另一种是认为技巧很关键，以技巧取胜。李院长对一些文本进行了似乎褒扬性的分析后指出，上述两者都重要，但相比起来，"道"最重要。何谓"道"呢？李院长说，人文情怀、哲学素养等就是"道"。

在鲁院，我感受到严迎春老师宽厚的关怀，每一次的对话和询问，让我温故知新，她的慈爱和呵护，在我脑子里留下了深深的烙印，成为我生活、工作中永远难忘的记忆。严老师与鲁23班全体同学对我这个特殊学员的特别关心，植入我永恒的美好记忆中。

作为鲁院公安班的学员，我进一步深化研磨公安文学的命脉和公安文学创作的含义，我深深感到，一个公安作家不能局限于公安文学，更要品味到历史文学、草根文学、报告文学等中国当代文学的精华。

就公安文学而言，我认为公安文学就是写人，把罪犯写成"人"，公安作家要"人"性化，把公安作品进行艺术幻化，从而写出好作品。要写好公安文学作品，必须身临其境，公安文学有其主题鲜明、引人入胜、可读性强的特征，这是由公安的特殊性质决定的，写人物形象要有其他文学题材缺乏的英雄内核。我认为要在塑造英雄人物中下功夫，因为公安文学区别于其他文学的首要标志是充满了正义与邪恶的斗争、光明与黑暗的斗争。在现实生活中，一个公安作家要深深懂得警察追捕的罪犯越来越复杂，所以罪犯的人性化描写至关重要。20 世纪 90 年代，文学呼唤英雄。西方文学塑造的角色是高智能、拯救人类的大英雄，而我国公安文学，应树立起人类的崇高理想和信念。通过学习和听老师的讲座，我深刻认识到，公安文学作品必须有时代感，有艺术感，要让读者进入欣赏高雅的艺术境界，这样才能达到公安文学作品的独创性。在研讨中，我认为作家与公安有一定的距离，一名公安作家必须跳出公安来写公安，这样才能保持公安文学艺术的空间，无论什么作品，都必须反映时代的灵魂，表达深刻的时代精神。作为立足公安的作家，如没有自己的精神信仰，就没有自己精神的栖息地。

鲁院进修，使我找到了文学创作的感觉，解除了公安文学创作多年的原始困惑，鲁院为我搭建了一个创作发表作品、吸吮知识的广阔平台，让我在今后的文学创作中不断创新、精益求精，使我进入一个新的文学创作天地。

难忘在鲁院的日日夜夜，难忘鲁院给予我的文学创作的新鲜源泉和血液，难忘鲁院老师的深情教诲，难忘与鲁院同学的深厚感情。

心灵的涟漪

　　下午下班后，在回家经过楼下的菜市场时，我突然想起妻子临下班时打电话交代要买菜。

　　来到菜市场，我走近一家不大不小的菜摊儿，只见一个40岁左右的卖菜女摊主忙前忙后，称菜找钱，讨价还价，忙得不可开交。

　　女摊主皮肤粗糙，被风吹乱的头发罩住她的眼睛，她时不时地撩拨着披散的刘海儿，她那黑里透红的脸上洋溢着忙碌快乐的笑容，乍一看上去，这女摊主的生意做得风生水起。

　　菜摊上各种蔬菜摆得整整齐齐、井然有序，翠绿欲滴的小白菜、鲜嫩水灵的紫青菜等各种新鲜耀眼的时令蔬菜，在红色的太阳伞映衬下令人喜爱。买菜的顾客很多，围了一大圈，她老练地称了我挑选好的蒜葱和一把小白菜、几只大红椒，然后拉长嗓子，对我说："两斤八两蒜葱，一斤九两小白菜，一斤半红椒，总共十五元九角钱！"

　　我望着这三种蔬菜发呆：这一点点青菜怎么那么多钱哪？我不禁问女摊主，女摊主连忙解释说：这菜不算贵，你算算看……女摊主和声细语地说，现在市场商品都涨价了，我算的还是中等价呢，你可以去其他菜摊儿上问问，起码得 20 元呢……听她这么一说，我心里不由得咯噔了一下，自己从来没买过菜，也没去过菜市场，价格根本不清楚，怎么能凭想象说人家的菜贵呢，想着妻子在家等菜下锅，也就顾不了多少钱了。可当我把手伸进口袋掏钱的时候却又呆住了：忘记带钱了！我翻遍了衣服口袋，只找到了两张揉得皱皱巴巴的两元钱。望着满面春风的女摊主，我尴尬不已，只好厚着脸皮说："唉，忘带钱包了，只有四元钱。"她打量了我一眼，然后一边给别人看称，一边信任地对我说："欠十一元九角，下次给我吧！"女摊主说得很直爽，一种极其信任的口气。递钱给她的瞬间，我真不知如何说好，素不相识，她竟然那么爽快地赊账于我，我真没想到。女摊主不认识我，我也不认识她，我们只是萍水相逢，就凭这一眼的感觉，她就那么相信我这个陌生人，可以看出女摊主的胸怀是多么大度和宽容，想到刚才嫌弃女摊主的菜价高说的话，我无地自容。

　　第二天早上，我骑摩托车去上班，特地拐进小街的菜市场，把车停在女摊主的菜摊儿旁，我要还给她那十一元九角钱。女摊主的生意依然那么红火，菜摊儿前有低头挑选蔬菜的顾客，有付钱的，女摊主依然忙得不亦乐乎。我挤上前去，拿着钱，轻声对她说："老板，我还给您菜钱。"也许人多，我说话的声音太小了，女摊主根本就没听见。旁边买菜的一位男子听到我的话，便大声对她喊："老板，给钱你都不要了呀？！"女摊主这才转过身来，望了望我，看看我手里递给她的钱，有些茫茫然，从她疑惑的表情中明显可以看出，她已忘记我了，那十一元九角钱的事也无从记起。我忙说："对不起，昨天欠你的钱，现在还你……"女摊主这才一笑，一边接过我手里的钱，一边说："太忙了，你记性真好，谢谢！"这时，我看见女摊主笑容满面的，我感觉到了她的内心是多么憨厚、朴实、亮堂。她对一个素不相识的人如此信任，是多么难能可贵呀！此时，我的心激起丝丝微澜。

当时，我停车的地方恰好是个十字路口，加之又是上班的高峰期，路上人多、车多、摊多、商贩多，小街车来人往，川流不息，拥挤不堪。

我发动摩托车，正要起步，可前面一辆摩托车速度很快地冲过来，我凝视对方，没有起步。但对面那骑车的中年人很有礼貌地迅即停下，挥挥手，示意我先走。

走过十字路口，我回头看了他一眼，他望着我笑了笑，很快消失在人群中。

卖菜女摊主的善良，骑车人的谦让，激起我心灵的一丝涟漪，很长时间都让我无法平静。

人们生活在平凡的日子里，每天匆匆忙忙，为了生活东奔西跑，有的人成天在琢磨着怎样对付别人、算计别人，这叫别有用心；有的人时时在谨慎地提防着身边的每个人，甚至为了丁点的小事，或个人的得失而斤斤计较；有的人为了一己之利而相互争斗得你死我活，无止无休地纠缠；有的人总是板着一副面孔，忘记了人情冷暖，世态温情，人情变得薄如蝉翼。

有时候，承受陌生人的好意，我会倍感感激。其实人与社会的诸多联系，常常是与陌生人的交接，而对于这些人，无欲无求，反而能够表现真正的善意。

生活原本就是一泓宁静的湖水，正是因为有了人和人之间这么多的信任、宽容、理解、谦让，才打破了这种平静，哪怕它的力量很小，被划破的水面也会激起细细密密的涟漪，一圈圈荡漾开去……

我想，只要有激起一个人心灵的那丝涟漪，你就一定久久不能平静，并为之动容，为之宽慰。

我想，只要人人有一颗宽厚的心，那么这个世界就会变得美丽和谐、可亲可爱。

冰释前嫌

　　海子和娟子是一对年轻的夫妻。结婚七八年来，夫妻俩相亲相爱、勤勤恳恳。丈夫海子掌握了一门泥水匠的手艺，妻子娟子聪明贤惠，料理家务得心应手，夫唱妇随，家庭收入颇丰，很快建起了一栋砖混结构的小洋房，在村子里引来了乡亲们无数羡慕的目光。幸福的日子里，他们相继生下了一女一男两个小孩，从此小日子过得更是甜甜美美。

　　可是好景不长，正当他们一步步走向富裕的时候，他们的感情却开始慢慢地发生变化。原来，过上了较为宽裕的日子之后，海子却渐渐地丢掉了节俭勤劳的习惯，开始喜欢上了悠闲懒散的生活。不知从什么时候开始，他又有了打麻将这一嗜好，整天和朋友们在一起摸牌，常常摸得天昏地暗，百事不理，好逸恶劳，最后，连泥水匠这门手艺活也荒废了。

　　由于没有了收入，家里的经济状况日趋恶化，生活也开始变得窘迫起来。贤惠的娟子见此情景心急火燎，曾经不知多少次含泪苦劝，但是海子却依然我行我素、无动于衷，眼看这个家就快支撑不住了。为了家人的生活，为了儿女们的成长，娟子决定挽起袖管去打工赚钱来养活这个家。后来经人介绍，娟子在本地山坳村修筑公路的工地上找到了一份做小工的活。每天铲沙挖土，虽然辛苦，但每每想到儿女的衣食从此有了着落，娟子还是心甘情愿的。

一个月后，娟子拿到了第一笔工资，一共1300多元钱，她把这笔钱送回了家里，欣喜万分。但接下来发生的事却让娟子灰心至极。原来丈夫早已身无分文，发现这笔钱之后，很快就将之挥霍殆尽。娟子知道后悲愤万分，想想自己这一个月来的辛苦和汗水，想想儿女的生活，她肝肠寸断，泪如泉涌。尽管如此，但想到他是自己的丈夫，纯朴的娟子还是默默地忍受了这一切。咽下了所有的委屈之后，扛起锹铲含着眼泪，她又走向了工地。但是，她从此在心里渐渐地和海子疏远了，夫妻间的共同语言也越来越少了，而且她还慢慢地学会了向丈夫隐瞒自己的一些事情。

在山坳村修筑公路的工地上，性格随和、勤劳肯干的娟子深得工友的认可。加上她容貌姣好，年纪又轻，慢慢地，一些异性工友对她产生了一些不太正常的好感，工作之余他们就会寻找各种理由和她接触。当发现娟子夫妻感情的隔阂之后，他们更是肆无忌惮对她进行纠缠。娟子一开始也意识到了他们的企图，但长久以来丈夫的无情与贪婪已使她心灰意懒，突然遇到了这么"友好"的男人，又知冷知热，相比之下，这份"热情"真的难以拒绝。所以慢慢地，她也情不自禁地陷入了他们温柔的圈套。娟子一开始只是和他们一起聊聊天、打打牌，但后来却慢慢地会随他们出去玩耍了，有时还会乘坐他们的摩托车去县城玩，有时甚至三更半夜才回来。

流言蜚语自然随风而起，越来越多地吹到了她丈夫海子的耳朵里。一开始，他也只是当成别人无聊的闲话，但后来，他却不得不生起了疑心，而且疑心越来越重，最后到了无法忍受的地步。其实海子也算是一个比较有心机的人，这种事他不会鲁莽地发泄，他要寻找"证据"。那天，娟子又去了县城玩，敏感的海子得知这一消息后，便认为娟子此行肯定有"名堂"，于是他便决定跟踪。

在县城，跟踪了一个上午的海子只是发现娟子和几个女性朋友一起玩，一直都这样。看来自己是太多疑了，海子有了点羞愧感。就在这时，让他无法接受的场面突然映入了他的眼帘：妻子和一名陌生男子接上了头，他们说了几句话之后便一起走进了一个小巷道里，一眨眼就不见。海子的脑袋一阵轰响，他再也按捺不住了，于是掏出手机拨通妻子的电话。他告诉妻子自己也在县城，问妻子现在的具体位置是在哪里，他想接她回家。但这时娟子却撒谎说自己在宝嘉旺商场。他还抱着侥幸心理，以为她和别人进入那个巷道只是去取什么东西，也许等一下她就会去那个商场。所以他当时没有戳穿她的谎言，而是立即赶到了宝嘉旺商场门口等她。但等了许久之后，她却没有来。他又拨打她的手机，这次她的手机只响了一下就被挂掉了，他再次拨打时，已经关机了。这时，他设想着种种的可能，一下子明白了一切，怒气从脚底直冲头顶。他骑着摩托车慢慢地回到了家里，一路上，他不断地发誓：再见到他妻子时，一定要夺回今天丢掉的尊严。

海子到家后不久，娟子的手机就开机了，并且打来电话说要海子骑车过来接她回家，极度气愤的海子说了句："你先回来吧！"其实后面还有一句"回来你就会死"。但说这句话时，娟子已经挂断了电话，所以她没有听到。她当然是若无其事地乘坐别的车子回到了家里，却怎么也没想到一场暴风雨正等待着自己。

可怜身材娇小的娟子哪里受得了丈夫的怒气，幸好被邻居及时发现报了警，派出所民警及时赶到，才避免了一场恶性事件的发生。

　　民警通过细致询问得知，原来那天中午，娟子跟随一个要好的工友陈某去吃饭了，她始终发誓说她什么也没有做。为了娟子的清白，也为了解除他们夫妻俩的怨恨，民警不得不找到了陈某。陈某当即叫了好几个证人，也就是海子看到的与娟子一同进城的两个女子，她们都证实，只是去陈某家吃了一餐饭而已，后来就回家了。尽管疑云解除，可海子的心里依然不快。民警好说歹说，苦口婆心，摆事实讲道理，海子最后醒悟，表示痛改前非，改邪归正，根除恶习。娟子接受了丈夫的忏悔，也表示从今不再与其他男人接触了，今后好好带孩子，为了一家子的幸福日子，他们愿意从头再来……

警灯闪烁

闪烁的警灯，无论在何处，都是一道别致的风景线。哪里有群众的求助，哪里就有警灯闪烁；哪里有罪恶的发生，哪里就有警灯闪烁；哪里有民警忙碌的身影，哪里就有警灯闪烁。警灯，与民警头上的警徽一道，成为警察打击犯罪、保护人民的象征。

警灯闪烁处，是民警在苦口婆心地化解矛盾纠纷的现场；警灯闪烁处，是民警在紧锣密鼓地搜索犯罪嫌疑人的现场；警灯闪烁处，是民警在帮助走失儿童重回父母怀抱的感人现场；警灯闪烁处，是民警在奋不顾身抗洪抢险的惊险现场；警灯闪烁处，总是民警在点点滴滴执法为民的场景。在这些现场，警灯每时每刻都与民警一起坚守在执法和服务的岗位上。警灯用其正义之光，照亮了民警惩奸除恶、除暴安良的光荣之路。

一位朋友曾讲述过自己的一次经历：有一年冬天的深夜，他从外地回来后没能联系上交通工具，遂从车站步行回家，寒风凛冽的深夜，或许是因为厉行节约，道路两旁的路灯都已熄灭，路上一片昏黑。就在他被恐惧围绕时，一辆闪烁着警灯的110接处警车在他面前停下来了，看到他一个人拖着行李走在路上，便热情地问他是否需要帮助，这让他心底顿时暖流涌动，同时对警察的好感瞬间大幅提升。从此以后，当每次看到关于公安的消息时，他总动容地向别人诉说他那晚的经历和感受，并骄傲地说："我家乡的警察就很好！"这是朋友真实的经历。对于我们公安民警来说，这再平常不过了，但对于这样一位普通群众来说，在心中泛起的感动涟漪让他对民警乃至整个公安的印象都有了质的飞跃，用他自己的话说，在这些细节中，他看到了公安民警的无私奉献，在这样的夜晚，闪烁的警灯与热情的民警让他感受到了安全感和幸福感。

当歹徒看见警灯闪烁时，他们有种胆寒和绝望的感觉，最后丢盔弃甲，束手就擒。而民警则说，警灯闪烁的是正义之光，每当执行任务时，望着威严的警灯，便充满了信心和力量，它与头上的警徽一道，成为民警心中伸张正义最坚强的后盾。那让罪犯胆寒的灯光，也是让民警充满斗志的灯光，这小小灯光散发出的巨大魔力，激励着民警奋勇向前。

从某种意义上说，警灯俨然成了民警的新战友。当与违法犯罪做斗争时，警灯与民警一起经历凶险；当功夫不负有心人时，警灯与民警一起感受喜悦；当群众脸上洋溢着幸福和满足时，警灯与民警一起采撷感动；在辖区祥和安宁时，警灯与民警一起享受成就。

那是威严之光，那是正义之光，那是和谐之光，那更是感动之光……

警察的激情

　　什么是激情？有人说：激情是太阳升起之时的磅礴；有人说：激情是飞瀑一泻千里的壮观；也有人说：激情是内心情感迸发的力量。激情是成功的原动力，是成就事业的推动器。

　　在刚穿上警服时，我以为警察的激情大概就体现在与犯罪分子一次次的正面交锋、惊险追捕时吧，当满怀正义的激情打败邪恶时，成功的荣耀让人备感自豪。

　　于是我迫切地向一位屡立战功的老民警讨教干好事业的诀窍，老民警微笑着拍拍我的肩膀说："年轻人，基层的工作没有那么多惊险刺激，但你只要能把平凡的事情做得轰轰烈烈，你就成功了。"

　　起初，我似懂非懂，而一位普通民警的平凡事，却让我对激情有了广义的理解。他叫吴喜林，同事们都称他"巡逻牛人"。他在平凡的巡逻岗位上，先后荣立过三等功三次，获得一次嘉奖，获得过大大小小的荣誉称号。他熟知辖区每个村落的路线，当歹徒作案逃跑时，他能立刻判断出最可能逃窜的路线并将其抓获。他熟识村子里的每个人，当一个顶着"爆炸头"的青年与他擦肩而过时，他能迅速喊出名字，并认定这人是某起抢劫案的涉案人员。而成就他这种超强判断能力的就是每日风雨无阻的巡逻。

试想，如果不是数十年如一日，满怀无限激情和热爱，立足本职工作，勤勤恳恳，在看似枯燥的巡守岗位上不辍耕耘，荣誉的光环就不会降临在他身上。

记得去年冬夜里，派出所的两名民警为了帮助一位迷路老人找到 20 多年未曾谋面的女儿，硬是经过 5 个多小时的沟通，才从听力不好、话语不清的老人口中得知了女儿的名字，接着他们又辗转 200 多公里，逐村寻找了 20 余户人家，终于将老人安全送到女儿家中。这不正是"群众利益无小事"的激情，赋予了他们强烈的使命意识吗？

通过这一件件看似平凡的小事儿，我才懂得，其实呀，激情并不需要喧哗和轰轰烈烈的表现，它就是平凡工作中所体现的坚强意志。只有在这种意志的调控下，人才能具有责任心、使命感，为理想而孜孜奋斗。

警察的激情应当是"立警为公、执法为民"的信念，它可以支撑我们风雨无阻地蹲守、盘查，带我们收获一起起重特大案件成功告破后的喜悦。

警察的激情应当是"金色盾牌热血铸就"的理想，它可以铸造我们无论是在繁华城镇，还是在寂静山谷，一如既往地忠诚守护，为我们赢得人民卫士的荣耀。

警察的激情应当是"全心全意为人民服务"的追求，它让我们伴着日出月落，披着星光晨露，为群众排忧解难，让我们熠熠发光的警徽更加明亮。

警察琐事

"嘀嘀",派出所的警车驶出了村庄,很快跃上了对面的山梁,灵巧地穿梭在盘山公路上。小翠从池塘的洗衣码头上站了起来,手里拿着还在滴水的衣服,望着警车渐渐远去的影子,她有点后悔,有点自责,但更多的还是欣慰。不知不觉中,两行热泪已涌出了眼眶。池塘里的荷花,今朝又绽开了许多,在晨风中轻轻地摇曳。粉红色的花瓣上,点缀着几滴晶莹的小水珠,不知是露还是水,就像她脸上的红晕,美丽中透着几许无奈,多少让人觉得有点可惜。

第一次认识警察,是前年的事了,那时她高一刚放暑假。一天傍晚,突然一辆警车在她家门前的路边停了下来,从车上走下三个穿制服的人。过了一会儿,就听见隔壁邻居家吵吵嚷嚷的。她出来一看,只见三个穿制服的人围着十一二个年轻人,要带他们上车,说他们在赌博时被现场抓到了。被抓到的人七嘴八舌,各有各的理由:"我们只是打着玩一下,都是一元两元的。""我又没打牌,我只是在那里看。"被抓的人都不肯走。

这时一老汉拿着一根扁担赶来,气势汹汹,嚷道:"我就春狗这么一个儿子,你们要带走他,今天我就跟你们拼了,我这把老骨头，反正也抵不得几个钱。"看到这阵势，一个中年警察走了过去，大吼一声，挡在老汉的前头："你想干什么？公安民警正在执行公务，你别妨碍公务。"中年警察转过身，果断地命令道："不走的强制带走。"也许是被中年警察的威严吓到了，也许是意识到了"妨碍公务"的严重性，老汉胆怯地退到了一边。一个年轻的警察从警车上拿来一大把手铐，强行把那些人一一铐了起来，有几个反抗的还是被警察按倒在地才上了铐。然后警察把那些人带走了，后来听说被抓的人每人罚了2000元钱。

从那以后，小翠对警察就留下了"粗"和"凶"的印象。

后来，小翠回县城读书去了。

进入高三以后，小翠就很少回家，家里的很多事情她也陌生了，直到高考结束，她才收拾行李回去。

6月10日那天，小翠在镇上下了车之后徒步回家，背着笨重的行李，一步一步，走得非常艰难。他们村离镇上有40多里山路，虽然这些年修了公路，但平时来往的车辆很少。

碰巧，那天镇派出所的车也去她们村。看见一个孤单的女孩背了那么大一包东西艰难地走着，好心的民警停了一下车："去溪坪吗？要不要坐车去？""不了，我就前面不远。"派出所的车走了。3分钟后，一辆陌生的摩托车从后面驶来，小翠招了招手："阿表[1]，你是不是去溪坪，带我一段子路做得吗？我背了这么多东西，走得很累。"于是，小翠坐上了陌生人的摩托车。他们就跟在警车的后面，尽管一路上灰尘很大。她就是不搭派出所的警车，是怕麻烦他们？不，不是。是不信任他们？也不是。反正就是不愿和他们在一起。为什么？她也不知道。

小翠的家在村子的中央，公路通到她家就是尽头了。她家的

---

[1] 阿表，方言，指哥哥。

斜对面是村委会，说是村委会，其实就是一栋破房子加一块旧牌子，平时村干部几乎不在那儿办公。

她家的左侧是一大片池塘，塘里长满了荷花，不过那时荷花还没怎么开，塘水清澈见底。小翠喜欢她家，也喜欢他们的村子，但村子里总是发生一些不好的事情，让她感到很无奈。

小翠回到家后的第三天，恰逢镇派出所到他们村为村民办理第二代身份证。一大清早，派出所的警车就开到了她家门前，办证地点就选在她家院子里，因为那里空旷，上午晒不到太阳，地理位置又相对集中，是最理想的场所。留下一个较年轻的民警和一个照相师傅后，另外两个民警就拿着手持喊话器到各组发动村民去了，他们还有些别的事要办。留下来的民警和照相师傅想借小翠房屋内一个角落照相，因为里面光线较暗，用闪光灯的效果会更好。小翠说："我们家房子小，不方便。"后来他们在隔壁的一户人家借了一个空闲的房间，只不过去照相的村民要钻巷过道。民警想向她家借一张小桌子和凳子，她说没有，结果民警从500米之外的村主任家里扛来了一套桌凳。

民警工作开始了，前来办证的村民三三两两，七嘴八舌，有时一来就是一伙。民警耐心、和蔼地接待每一批、每一个到来的村民，认真地回答各种问题，详细地讲解。毕竟民警只有一个，接待那么多人，忙得出了一身的汗，只见他拿一条毛巾不断地往额头上擦。小翠从远处观察到这个民警：高高的，腰杆笔直，乌黑的头发下一双有神的大眼睛，脸上带着几分还未脱尽的稚气。尤其是那口不太标准的当地土话，听起来有点吃力，但他说得很认真，听的人就觉得很新鲜。从民警为办证人开出的单子上，小翠看到承办人那一栏里写了一个"郝"字，难怪别人叫他"好警官"，年纪大一点的人就直接叫他"小郝"。

慢慢地接近了中午，房子前面的阴影正一寸一寸地朝小翠屋檐下缩去。那个叫小郝的民警就本能地拉着桌凳往后移，不觉得就移到了檐阶前。这时，小翠走了过来，面无表情地说："你的桌子摆在这里，我们进出都不方便。"民警面带歉意，连声说："对不起，对不起。"同时，他环顾四周，突然，他发现前面不远处的路边有一棵橘子树，底下还有一点阴影，民警很快把桌凳搬到了那棵橘子树下面。这时恰好小翠的奶奶从地里干活回来，关心地喊道："小郝哇，热了就回屋里来，喝杯水，乘乘凉。"民警站起来应道："好的，阿婆，谢谢你。"

其实，他用矿泉水瓶带来的那瓶开水早就喝完了，想去小翠家讨点水，看见小翠后又没开口，实在渴得受不了了，他就用那个矿泉水瓶去不远处的小溪里装水喝，已装过两瓶了。

中午，其他人在村支书家吃饭，姓郝的民警留在那里继续办证，村支书派人送来了一盒饭还有菜。小郝接过饭菜，说了声"谢谢"后就狼吞虎咽地吃了起来。

这时，小翠家也刚刚吃午饭。奶奶走到门口，拉长了语调喊道："小郝哇，进来吃，屋里比较凉快，我们也刚吃。"

"好的，阿婆。"边说，小郝边端着饭盒朝他们家走去。走到门口，他看到了坐在厅里的小翠。他怕小翠又会找理由说事，所以他没敢进屋，就蹲在门前的檐阶上很快把自己的盒饭吃完了。之后，他把掉在地上的饭一粒一粒捡回饭盒里，再从矿泉水瓶里倒出一些水，连同粘在饭盒里的饭菜一起洗了倒进小翠家厨房门口的猪食桶里。这一切，小翠都看在眼里。

下午，办证的村民少了。午睡起来，小翠看见三五个村民正围在小郝旁边，问这问那。原来，小郝正在给他们讲当今一些骗子的伎俩，要村民们提高防诈骗意识。又过了许久，村民们都走了，小翠发现小侄子溜溜正坐在小郝民警的位置上很认真地写字，小郝在一旁引导着。"溜溜还在干吗？太阳都快落山了，还不把我们晒的蛤蟆藤收回来？"她想找个理由把溜溜叫回来。"等一下，我还差七个字了。"溜溜头也不抬地回答道。

什么还差七个字？觉得好奇，小翠就走上前去。一看，小郝在教溜溜写字，并说好了，今天溜溜写完了 100 个字，就把这个本子给他。

太阳落山之后，没人再来办身份证了。小郝就开始"收摊"，把东西收拾好，把桌凳送回村主任家，再往小翠的院子里洒上水，然后打扫了一遍，干干净净的。小翠站在旁边看着，没说话。小郝看到她后，连声说："对不起，今天给你家添麻烦了。"

等另外两个民警回来后，他们就准备驾车回镇上，车子发动后，小郝从车窗上伸出手来挥了挥："小溜溜，叔叔回去了。"溜溜站在檐阶上，傻傻地摇了摇手，眼神里明显透着依依不舍。

车子走了两步又停了下来，"溜溜快过来。"小郝在招手。溜溜飞快地跑了过去。"这个也给你。"说完，把自己今天写字的那支笔也给了小溜溜。

那天晚上，小翠久久难以入眠，那个姓郝的警察有亲和力，今天的举动，一遍遍地闪现在她的脑海中。总之，她觉得今天很过意不去。如果，她想，如果他明天还来办身份证，我就……

第二天，小郝没有再来，小翠时不时会想起他。

第三天、第四天，他都没有来。

小翠在村子里也听到了许多关于镇派出所的事，很多人都说，现在派出所的人怎么怎么好说话、怎么怎么会帮人。还说，今年以来，因为有派出所的人常来管他们村的事，他们村宁静多了。小翠就想，莫非……

很多天后的一个傍晚，小郝推着一辆旧自行车突然出现在小翠的家门口。见到这一情形，小翠有点惊讶："嘿！"她一下子不知道该说什么，只是看着他，脸上带着一丝微笑。

"嗯，在家？我想向你打听一个事……"他有点气喘吁吁。原来，他们派出所最近摧毁了一个盗窃自行车的团伙，追回部分被盗自行车，据作案人交代，这辆自行车是他们溪坪村兰某家的。村干部去通知了兰某两次，他都没来领。今天，小郝下班后就自己把这辆自行车送了过来，没找到兰某的家，所以就来打听。

小翠说还有七八里路呢，她把路线仔细告诉了他。

"知道了，谢谢。"小郝推起自行车就走。"等一下。"小郝刚走出十几米的样子就听见后面有人在叫。转过身一看，是小翠，她手里拿了一把手电筒追了上来："等下回来的时候天肯定黑了，带着它，好看路。""不用，我们常走夜路，习惯了。""拿着，小路晚上有蛇。"那个"蛇"字拖得老长。小郝拗不过，接过手电筒，插在裤子后面的口袋里。"走啦。"回答干脆利落。

回来的时候，正赶上小翠家吃晚饭。小郝进屋跟大伙打了声招呼，把手电筒放在茶桌上，对小翠说了声"谢谢"，转身就走。

大家都叫小郝吃了饭再走，他说"不用"。"你怎么回去？"小翠端着饭碗赶出了门口。"跑步回去，都是大路了，不要紧。"小郝边跑边回答。"哎……"还没等她把话说完，他已消失在夜幕中。

小郝回到了派出所，洗完澡，坐在办公桌前，刚翻开日记本，手机就响了。他拿起电话，是一个陌生号码。"喂，我是小翠，你到派出所了吗？"是刚才那个女孩，小郝听出来了，不过觉得有点奇怪："到了，刚到。这是哪儿的电话？""我们村代销点的，我看都这么久了，就来这店里打个电话问一下，看看你到了没有。""你怎么知道我的号码？""我在我二婶家找到了一张你的警民联系卡，上面有你的号码。好了，没什么事，你就早点休息吧！"

后来，小郝开着派出所的车去溪坪村开展很多次工作。每次，车都停放在小翠家门口，见到小翠，他总是热情地打声招呼，来去匆匆。每次他离开，小翠都会情不自禁地凝望着他的背影，许久。

那天，小郝骑着摩托车来到溪坪，傍晚回去时，摩托车刚起步就熄火了。他在那儿踩了半天风门，可能油路电路堵了，弄了好久还是点不着火。

望着车思索了一分钟之后，小郝果断决定："推！"说完，推起摩托车就走。其实，小翠一直都在不远处看着。她清楚，去镇上的路经过前面那几道山梁时要爬好几个陡坡，平时就是推一辆单车都很难上去，更甭说摩托车了，虽然他体格健壮，但是太费劲了。想到这里，小翠追了上去："恰好我也还有点事要去镇上，我同你一起去吧。"

"这么晚了，你去镇上还有什么事？"

"这你就别问了，走吧。"果然，在上那几个陡坡时他们两人都出了一身汗。天黑了，在满天星辰的照耀下，他们在崎岖的盘山路上走得很慢。一路上，小郝总是有那么多轻松的话题。他们聊了很多，小翠说这次回来看到他们派出所的人做的很多事，与她以前想的大不一样。小郝说，以前溪坪村的治安状况很不好，今年他们派出所把这个村列为治安整治重点村，他是溪坪村的责任区民警，今年下来办事多一点，给他们添麻烦了。她说……

不知从什么时候开始，村子里的人和小翠讲话时总会把郝警官扯进来，包括她的父母和家人。小翠明白他们的意思，每到这种时候，小翠的脸上就忍不住会泛起红晕，带着害羞的微笑默默无语。

每天清晨，小翠总喜欢坐在那片长满荷花的池塘边上。托腮凝望着池塘中一朵一朵清清的荷花，清纯而娇嫩，白色的花蕾绽放开来。她时常想象着：此时，他在干吗呢？有几次，她想象着他正开着车朝他们村里走来。一分钟后，果然，那辆熟悉的警车突然出现在了对面那道山梁上。她为自己的"第六感"庆幸，难道这就是书上所说的"心有灵犀"吗？

高考成绩早就出来了，她超出一本线20多分，填报的是财大。她知道自己憧憬的大学生活是在远方。尽管如此，可她头脑中一天到晚挥之不去的，还是他的影子。

她一次次告诫自己：不可能，绝对不可能。

一天夜里，小翠写了很长的一封信，是给他的。但第二天早上一起来，她就把它撕成了碎片。她清楚，郝警官绝对没有这种意思，因为每次，他都是那么自然，好像对谁都是这样。她要控制自己，但真的好难。

清晨6点，一阵汽车的马达声把小翠从睡梦中吵醒，她听出是派出所的车又来了。砰的一声关了车门，一阵脚步声渐渐远去。他们又到村民家走访了。小翠知道，因为他们的工作就是这样。

天亮了，小翠起来，发现派出所的车还停在那里。她知道，他们的工作还没完成。她想着等下又能见到小郝，一股压制不住的兴奋从心底强烈地涌了起来。不行，她又一次次提醒自己。她从院子里走到大厅，觉得六神无主，站了一会儿，又进入厨房，还是觉得不妥。

她索性收集了全家人的脏衣服，装了一大桶，匆匆地朝池塘走去。一边走着，她一边交代家里人："等下饭好了，你们先吃，甭等我。"

滴血的承诺

在我采写的诸多公安法制案件宣传稿件中，有一起普通的抢劫案令我无法忘却。这起案件让许多人感动，也让我感到震撼。

故事还得从头说起。一天中午，一个捡破烂的妇女，将捡来的破烂物品送到一家废品收购站卖掉后，拉着一辆破旧的空板车往回走。经过一条无人的小巷时，从小巷的拐角处猛然蹿出一个歹徒。这个歹徒手里拿着一把尖刀，他用尖刀抵住妇女的胸口，凶狠地命令妇女将身上的钱全部交出来。

妇女吓傻了，站在那儿一动也不敢动。

歹徒不容妇女说半句话，便开始搜身。歹徒从妇女的衣袋里搜出了一个小布袋，小布袋里包着一沓钞票。

歹徒拿着那沓钞票，转身就要离去。这时，那妇女突然反应过来，丢掉手中的空板车，像疯了一样扑上前去，劈手夺下了歹徒手中的小布袋。歹徒用尖刀对着妇女，威胁她放手，不然就捅死她。妇女不想死，但双手还是紧紧地攥住盛钱的小布袋，死活不松手。

歹徒的目的只是抢钱。所以他将刀插回腰间，腾出双手去与妇女争夺，他拼命去扳妇女的手指，好将小布袋从妇女紧握的手中抠出来。妇女一面死死地护住小布袋，一面拼命呼救。歹徒急了，抽出尖刀朝妇女捂钱的右手刺去，顿时妇女的右手鲜血淋淋。可是，那妇女拼命抓紧小布袋，死也不愿松手……妇女的呼救声惊动了小巷子里的居民，人们闻声纷纷走出家门，当看见有人抢钱时，愤怒地一拥而上将歹徒团团围住，有两个身强力壮的后生冲上前去，一起将歹徒绊倒，合力将歹徒逮住。

众人押着歹徒、搀着妇女进了吉康派出所，两名民警接待了他们。审讯中，歹徒对抢劫犯罪事实供认不讳。而那位妇女站在那里直打哆嗦，脸上冷汗直冒。民警安慰她："你不必害怕。他现在不敢对你怎么样。"妇女回答："我不是害怕，是疼痛。我的手指被他扳断了，手也被刺伤了。"说着抬起流血的右手。人们这才发现，她的右手食指软绵绵地耷拉着，右手掌被刺开一条口子，还流着血。宁可手指被扳断也不松手放掉小布袋，可见这笔钱的数目和分量。民警便打开那个包着钞票的小布袋，顿时，在场的人都惊讶了，那个小布袋里总共才有 23.5 元钱，全是一元和五角的零钞，钞票被鲜血染红了。

民警和在场的人都惊讶了，为了 23.5 元钱，一个断了手指，一个沦为罪犯，真是不可思议，太不值得了。

一时，在场的居民一片惊讶，民警也是百思不得其解。按常理，当一个人遭遇抢劫时，往往是放弃钱财而保住性命的，而这位妇女却恰恰相反，她不惜被扳断手指、被刀子刺伤，也要保住钱财，甚至到了以性命相拼的地步。何况，她付出的惨重代价所保护的钱财只是区区 23.5 元钱呀。

民警很奇怪：是什么事让这位妇女，使她能在扳断手指和被刀子刺伤的剧痛中仍然不放弃这区区的 23.5 元钱呢？民警小张决定探个究竟。因此，他将妇女送进医院治伤以后，就跟在妇女的身后，以期找到问题的答案。

令民警小张不解的是，妇女在医院包扎好伤口和手指后，走出医院大门不久，就在一个水果摊上挑起了水果，而且挑得那么认真，那么执着。

她用那 23.5 元钱买了一个梨子、一个苹果、一个橘子、一根香蕉、一节甘蔗、一颗草莓……凡是水果摊儿上有的水果，她每样都挑了一个，直到将 23.5 元钱花得一分不剩，民警吃惊地张大了嘴巴。难道不惜牺牲一根手指才保住的 23.5 元钱，竟是为了买一点水果尝尝？民警小张百思不得其解，他决定跟踪到底。

妇女提着一袋子水果，径直走出了城，来到郊外的一座公墓前寻找着什么。小张发现，妇女走到一个僻静处，那里有一座新墓。妇女在新墓前伫立良久，脸上似乎还有些许的欣慰和笑意。而后，她将袋子里的水果一样一样地拿出来，小心翼翼地摆放在墓前，摆得十分整齐。

摆完了，她便半跪半蹲地倚着墓碑喃喃自语："儿呀，妈妈对不起你。妈没本事，没办法治好你的病，竟让你 13 岁就离开了人世，娘好后悔呀。你还记得吗？你临去的时候，妈妈问你最后的心愿是什么，你说：'我从来没吃过一次完好的水果，平时吃的，都是你捡回家被别人扔掉的烂水果，要是能吃上完好的新鲜水果，尝尝买来的好水果的味儿那该是多好哇，我梦里都想呢。'我听了，当时哭得死去活来，妈妈愧对你呀，竟连你最后的愿望都不能满足，为了给你治病，家里已经连买一个水果的钱都没有了。我答应过你，孩子，可是我没能做到哇，孩子，到昨天，妈妈终于将给你治病借下的债都还清了，妈妈今天挣到了 23.5 元钱，孩子，妈妈终于买回完好的水果来了，你看，有橘子、梨、苹果，还有香蕉……都是完好的。都是妈妈花钱给你买的完好的水果，一点都没烂，妈妈是一个一个仔细挑选过的，你吃吧，孩子，你尝尝吧……妈妈可以满足你的心愿了……"妇女说完，早已泪雨纷飞，泣不成声……

小张听得也流泪了，他终于明白了，为什么这位妇女不惜生命保住那 23.5 元钱，为什么她被扳断一根手指后仍然强忍着剧痛，顽强地与歹徒抗争，这是一种力量在支撑着她，就是母爱的力量！亲情的力量！为兑现对死去的儿子的一个诺言，妈妈不惜生命要保全这 23.5 元钱。这位普通的母亲用她的刚强、执着、勇敢兑现对儿子的诺言，甚至连失去自己的生命也在所不惜。

小张被感动了，他来到这位妈妈的面前敬了一个庄重的礼，然后向墓地深深地鞠了个躬。民警将口袋里所有的钱，一共 1200 元交给了这位伟大的母亲，并说："您真了不起，值得尊敬，我今后会常来看您的。您有什么事就打我电话……"

妇女抱住小张，泪水不停地流下来……

记忆乡愁

故乡的小书屋

岁月如梭，不知不觉已经到了知天命之年。

阔别中国"金橘之乡"古镇——堆子前，我已经在遂川警营奔波了 25 个春秋。

如今，县城的小屋，我时常坐在喧嚣繁华的临街窗口，无时无刻不在思念家乡的那一片橘园、那间瓦棚小书屋。那一片令我魂牵梦萦的橘园，那间流落于圩镇街边的小书屋，那是生我养我、抚育我成长的摇篮。那一段甜酸苦辣的日子，常常让我回味无穷。

朝昔梦里橘园归，书香蹉跎历在目。1978 年高中毕业以后，我应聘到堆子前公社担任税收助征员、文化站工作人员。在这段涉世之初的日子里，我随公社干部下乡走村串户，跋山涉水，结识了许多勤劳朴素、吃苦耐劳、艰苦奋斗的父老乡亲。金橘的传说和许多关于金橘的故事，在我的脑海里留下了深深的烙印。

刚刚步入社会，怎样做人做事，怎样才能有所作为，我很是茫然。这种渴求，在那些年一直使我苦恼、使我焦虑，常常使我不知所措。

有一天，我望着一片片被父老乡亲打造得绿油油的橘园，不禁肃然起敬，豁然开朗。我被他们执着追求、勤奋耕耘、坚忍不拔的精神所感动。受此启发，我突发奇想，何不把父老乡亲的精神广传远播，把他们种植金橘、培植金橘的精神发扬光大？于是我有了一股冲动，那种冲动使我迈进了耕耘金橘文化的园地，我拿起了手中的笔，与橘农成为知心朋友，与橘园结下了不解之缘。

1981年，我被安排到了社办企业副食品商店当营业员。在这段时间，我与成千上万个农民朋友打交道，从他们的身上学到了许多优良品德，懂得了诚实做人、扎实做事的道理。我时常回味他们的谆谆教诲，至今记忆犹新，终身受益。

1983年春，乡里兴办起了金橘加工厂——遂川县笑迎食品厂，我又被选入厂里当会计员，我扎进数字堆里，不断拨弄算盘和表格，第二年被评上了全县优秀会计员，还考取了助理会计师资格证。第三年，我被100多名职工全票选举为食品厂厂长。于是，我开始履行厂长职责，精心研制开发金橘果脯、饮料、罐头等20多个系列产品，抓产供销一条龙，产品畅销国内外，食品厂成为全省乡镇企业骨干明星厂……就这样，我在厂子里一干就是整整8年。

8年艰辛，我对金橘情有独钟。1988年，我应邀到广西壮族自治区融安县参加全国金橘研讨会。我总结金橘加工生产经验，撰写的《金橘饮料制作技术探微》论文，获得了全国优秀论文二等奖，我研制开发的金橘饮料、果酒产品成为全国金橘系列产品首创，并获得江西省乡镇企业研究开发十佳优秀产品奖。

1990年，商界风云突变，乡镇企业迎来了彻底改制，我陷入了一场浩渺的困惑中，就像一条没有航标的小船，在江海中漂漂荡荡，没有归宿，只有焦急、忧虑和痛楚。

就在我濒临绝望的时候，我忽然想起了家乡那片橘园，因为那片橘园里，有父老乡亲勤奋耕耘、艰苦拼搏的精神，它时刻在召唤我、鼓舞我，只有努力奋斗、激流勇进才有出路。为此，我重新提笔，向乡政府毛遂自荐到乡文化站去做宣传工作，去宣传那一片橘园，我心中那片纯情而辉煌的红色圣地。我的自荐被采纳，但条件是，自食其力，只发30元生活费，工资自筹。没有退路，更不容我选择，我只好背水一战，下定决心：干！

回到乡文化站，面对一无所有的艰难困境，我向银行申请贷款办书店，银行根据我的实际情况，给予贷款2000元，然后我又向父母借来2000元现金，在堆子前圩镇的供销社与社办企业两栋房屋之间不足两米宽的屋檐下办起了一间20平方米的文化书屋。

这间小小的书屋原来是街道房屋与房屋之间的一个小便处，我清扫后，盖起了避雨瓦棚，但里面依然臭气冲天，污气难闻。然而，这块小小的地方，虽然经过社办企业主任出面协调，供销社同意，每月还要我交纳租金60元，我只好认了。店小不安全，我搭了一张小床铺，吃住在小书屋。小书屋盖起来后，我跑文化、工商部门，办齐了工商、税务、文化营业执照，接着跑新华书店、邮政书店进货，批发图书，忙碌了半个多月终于开张了。开张的第二天，天空中下起了不大不小的雨，两栋砖瓦房之间排泄的雨水夹杂在一起冲下来，小书屋屋顶的瓦棚沙沙作响，就像一条小溪，川流不息，哗哗流淌，这天夜晚，我一夜无眠。

有了小书屋，更有了我学写作的用武之地。20世纪90年代，农民兄弟爱读书，小书屋在我的苦心经营下做得风生水起，受到了井冈山下方圆百里成千上万农民兄弟的青睐，我一边经营小书屋，一边潜心写作，一篇篇小小说、散文、诗歌作品在全国各地报纸杂志发表。

可是，天有不测风云。一个春夏之交的晚上，雷雨大作，狂风肆虐，两栋房屋排水沟流下来的雨水汇集成了一股，如山洪暴发，噼里啪啦地往小书屋的屋顶铺天盖地倾泻下来，顷刻间小书屋房顶的瓦片被疯狂的雨水冲开了许多条裂缝，小书屋变成了小溪流，我从床上爬起来，把书架上的书籍全部集中在书柜上，用塑料布盖住，然后找到塑料薄膜盖住睡觉的被子，可是晚了，被子全部被淋湿。倾盆大雨，无法阻挡，凶猛的雨水把书柜上的1200多本书全部淋湿，深更半夜的，我站在这间阴暗低矮的小瓦棚里，禁不住失声痛哭起来，我心痛那些书被淋湿，那是我向银行和父母借来的4000多元投资呀，书的本钱都还没收回来，可怎么向父母交代？但是水灾并没有吓倒我。第二天雨过天晴，我请来泥工木匠，把小书屋的瓦棚加固盖上了两层瓦楞，把小书屋的房顶盖得严严实实的，滴水不漏。此后，无论下多大的雨，小书屋都安然无恙。

可是，小小的书屋哪能供养得起一家妻儿老小？我苦心经营，一个月赚不来90元，小孩读小学，妻子在家种田，家里还有两个弟弟，只靠父亲的300多元工资维持生计，母亲和妻子隔两三天送米送菜到圩镇上来，我微薄的工资，不够10天的生活开支，半夜睡在床上，我经常辗转难眠，抱着睡在身边的儿子，不禁泪眼婆娑，我该怎么办？我感到绝望了，我想放弃小书屋，回家去种田。父亲得知我要退却后，来到我的小书屋为我鼓劲，给我讲经营策略，让我改变经营方式，父亲为我申请了一份摆摊的营生，镇上三天一圩逢街[1]，我摆起了日杂品摊子，每圩收入有三四百元，使我有了生计的依靠，重新点燃了我的希望，召唤起了我坚守小书屋的信心。

我没有放弃小书屋，在艰难困苦中寻找自己的人生坐标。经

---

[1] 逢街，赶集的意思。编者注。

过一番悉心经营，不久，我把这间小小的书屋打造成了父老乡亲流连忘返的农友之家，成了农民朋友的知音小屋。

每到二五八逢圩日，我的小书屋就挤满了看书、购书的农民朋友。我征求农民读者的意见，采购了《农家之友》《农村致富之家》《农村百事通》《农村科技报》《农友报》《江西科技报》等20余种报刊，供农村读者阅读、购买。在这间小小的书屋，我结识了许多农村朋友、文学好友，有许多志趣相同的读者成了我的知心朋友，他们在我困难的时候，都会伸出温暖的手帮助我、支持我，他们是我坚强的后盾。

我一边经营小书屋，一边采写新闻报道，宣传党的方针政策路线，为提高金橘的知名度、传播科技知识，倾献了全部精力，一批批宣传金橘产供销的新闻报道分别在《人民日报》《农民日报》《工人日报》《经济日报》和《江西日报》《信息日报》《井冈山报》等60多家报刊发表。同时，我组织了一支文艺演出队，自创、自编、自导、自演，开展农村文化宣传，深入乡村演出，编排《农技简报》，营造了一个浓郁的农村文化氛围，使小小的圩镇群众文化生活丰富多彩、有声有色……那一年，我被评为全县优秀乡镇文化站站长；那一年，我在国家级、省级文学报刊发表文学作品120多篇，还被县委宣传部、县文联评为全县文学艺术创作一等奖。

小小的书屋是我人生的转折点。

小小的书屋，经历了两年多的磨难，留下了书香岁月情怀。小小书屋促我成熟，也让我懂得了许多人生哲理，更让我深深懂得在人生的道路中爱拼才会赢的哲理。

1993年，我被选调到吉安市投资2亿多元的遂川安村水电工程建设指挥部担任宣传员，我把水电工程的宣传做到北京，《中国水利报》《长江水利报》等报刊几乎隔三岔五就会刊发我采写的水电建设新闻，文艺副刊时有小小说、散文见报。一年后，我又被县公安局选聘从事公安宣传、文秘工作。在遂川警营，一切从零开始。从学法到学艺，转变写作角色，我就像一条小鱼，跃入了大海，《人民公安报》让我崭露头角，一篇篇案件报道、文艺通讯、纪实报道、警方特稿不断在《法制日报》《人民公安报》《法制与新闻》等公安法制类报刊发表，每年上稿量能达300多篇，我成为公安新闻、文学创作能手。《人民公安报》某天的报纸 8 个版面中有 3 个版面刊发了我的 3 篇稿件。我放下新闻，写小说、报告文学、抒情散文、诗歌，2014 年 9 月，我被公安部文联推荐到北京鲁迅文学院高研班进修。经过 3 个月的研修，我的文学创作劲头更足了，通过学习，我的文学创作有了新的长进，一批批文学作品见诸报刊。

25 年警营写稿创作，塑造了许多公安英模，成为全国、全省公安系统学习的榜样……不管个人取得了多少荣誉，我依然不忘家乡那片橘园，笔耕不辍，为宣传家乡的经济建设和平安创建竭尽全力。

我是从这片橘园里走出来的一个文化流浪者，之所以能够取得这些成绩，与家乡父老乡亲及警察同事的关爱和支持是分不开的。

我时常怀念家乡那片橘园，那间小小的书屋，它在我心中永远是那么伟大、壮观。

人生的道路少有一帆风顺。在家乡的这片橘园和小书屋，我有过汗水和泪水，有过失败和成功，但更多的是喜悦和收获。

醉美挹翠湖

井冈山，位于湘赣边界、罗霄山脉中段，山势高，地形复杂，其山峰海拔多在千米以上，最南端的南风面海拔 2120 米，是井冈山地区的最高峰。

井冈山山高林密，沟壑纵横，层峦叠嶂，地势险峻，其中部为崇山峻岭，两侧为低山丘陵，从山下往上望，巍巍井冈就如一座巨大的城堡，五大哨口是进入城堡必经的关口，有一夫当关，万夫莫开之势。1927 年秋，毛泽东等中国共产党人率领中国工农红军，在这里创建了第一个农村革命根据地，为中国革命开辟了一条农村包围城市，最后夺取城市胜利的正确道路，因而井冈山以革命摇篮而饮誉海内外。1982 年，这里被列为国家重点风景名胜区；1991 年被评为"中国旅游胜地四十佳"；1994 年又被定为全国爱国主义教育基地和国家园林城。

夏日黄昏，晚霞给井冈山市茨坪镇披上了辉然如金的颜色，走进这座天然绿色小镇，仿佛来到了一个美不胜收的世外桃源。

茨坪镇是一座公园式山城，高楼林立，古木参天。茨坪景区点多面广，从茨坪到各个纪念馆及游览景点，陆路相通，四通八达，虽然山路弯弯绕绕，但人车交织，川流不息，熙熙攘攘。

　　茨坪镇的秋景迷人，山墨水黛，小镇里的挹翠湖最是引人入胜。茨坪镇是井冈山旅游景区的中心，而挹翠湖位于茨坪镇的中心，湖内有亭榭、观景台、茶室、盆趣园等游赏景点，湖心岛上山石谲奇，蕙兰争艳。湖水面积达 86 亩，著名书法家陆俨少游走湖边，欣然提笔题写了"挹翠映波"四个大字，此湖因此而被命名"挹翠湖"。

　　这座充满神奇色彩、魅力十足的湖，是一个霓虹闪烁的多彩世界，红的、绿的、蓝的、黄的、紫的，五颜六色的彩灯，点缀在亭榭、湖边、小桥和百草花木上。亭榭、小桥和花木斑斓的光彩倒映在湖水中，形成了水中和水上两个绚丽的世界，给这静谧的挹翠湖平添了格外迷人的色彩。

　　走进湖中小径，随着微风飘来阵阵幽香，沁人心脾，闻着这香气，悠然前行，来到了湖面上一座弯弯曲曲的栈桥。踏上这木制的栈桥，发出咚咚的声响，桥下水清见底，人影倒立，与湖中游弋的鱼群相映成趣，人就像潜入湖中，与鱼遨游。站在湖中的月拱石桥举目四望，花海如潮，五颜六色，美景尽收眼底。

　　挹翠湖四面重峦叠嶂，绿荫层染；楼台庭院，依山而立，鳞次栉比。风格独特、年代久远的建筑，高低错落，掩映在湖光山色、绿树花丛之中。挹翠湖不大，占地面积达 129 亩，湖四周的环城公路，绿树成荫。城中丘陵起伏，水曲环绕，山水和谐。湖边林荫大道环绕，环境幽雅，清新美丽，是旅游和避暑的绝佳胜地。

　　挹翠湖绿荫如盖，湖面清晰如镜，亭台楼阁相映成趣；南端的南山公园，火炬烽台气势磅礴；北端的雕塑园里，毛泽东、朱德、彭德怀、陈毅、袁文才、王佐、贺子珍、陈正人等 17 位最早在井冈山从事革命活动的人的雕塑栩栩如生。井冈山革命博物馆依山临水，耸立于挹翠湖的右侧，茨坪毛泽东旧居坐落在茨坪中心的东山脚下，与风姿秀丽的挹翠湖如影相随，如梦如痴，醉美湖畔。

1927年10月下旬，毛泽东同志率领中国工农革命军到达茨坪，在挹翠湖公园旁建立了第一个农村革命根据地，成为井冈山军事根据地的指挥中心，也是整个革命根据地党、政、军领导的指挥中心和红军后方保障的所在地，毛泽东同志就是在这里写下了《井冈山的斗争》的雄篇著作。"毛泽东同志旧居"是井冈山革命根据地保存完整、最真实最原始的遗址，红四军机关和湘赣边界特委等党政军的机关后期都设在此地办公，革命前辈曾经穿戴过的衣服、鞋帽、斗笠，用过的梭镖、土枪、土炮、公文、书籍，依然完好古朴，激励人心。

井冈山革命博物馆屹立在挹翠湖右道上方，高大威武的博物馆雄伟壮观，拾级而上，满目豪气凌云。馆内一间间展览厅留下了毛泽东、朱德等老一辈无产阶级革命家的英雄足迹，一座座雕像、一幅幅图片、一件件衣物、一支支枪炮、一双双草鞋、一行行文字、一个个红色的书本，都刻记着井冈山革命斗争的光辉历史，记载着当年红军浴血奋战的英雄足迹，红军将士用崇高的理想和热血铸造了井冈山精神。

漫步井冈山革命博物馆，步入展厅，一股英雄气概扑面而来，观赏全景画声光电影演示，井冈山会师的欢呼声、黄洋界保卫战的枪炮声、向赣南闽西进军的脚步声、枪炮声、杀敌声、擂鼓号角，震耳欲聋，仿如昨天。

革命烈士纪念碑矗立在挹翠湖的北端，告慰长眠在这里的数万红军烈士英灵，这些烈士在此目睹了井冈山的巨大变化，他们看见了茨坪小镇由一个穷山沟变成了辉映红绿、风景如画的革命传统教育基地和旅游胜地。新中国成立后，一代又一代党和国家领导人前来瞻仰伟人的业绩，一批又一批的人民群众、共产党员、青少年、工农兵商学在这里敬献花圈，庄严宣誓，继承发扬井冈山精神，他们都充满革命热情，秉承"世上无难事，只要肯登攀"的决心和意志。

夏游茨坪小镇，别有一番情愫。傍晚徒步挹翠湖，感受到了黄昏和夜晚的距离，逆光而来，温暖如春。这里到处莺歌燕舞，潺潺流水。

挹翠湖的水，滋养着八百里井冈的原始森林和无数条涓涓细流，从五指峰，从黄洋界，从桐木岭，从双马石，从八面山，从朱砂冲，源源不断地流来，从来没有干涸过，见证了"星星之火，可以燎原"的真实写照。

"问渠那得清如许？为有源头活水来。"挹翠湖是一座充满人文生机的湖，更是一座充满色彩魅力的湖，当年遭受百年不遇的大旱之灾，山下的大小水库都见了底，挹翠湖依然碧波荡漾，绿水盈盈，湖水依然积聚细流，源源不断。

挹翠湖，春花秋月，写不尽的红色革命故事，唱不完的革命红歌。湖里的水是清的，湖底的草是绿的，到了夏秋之际，湖里的草会露出一点绿嫩的花白，在波光粼粼的湖泊中呈现五彩斑斓的世界，美不胜收。

挹翠湖的花，千奇百种，百花争艳，流光溢彩。这里最美的花，当数杜鹃花，又名映山红。映山红，鲜艳艳的，这花犹如当年井冈山英雄儿女的血染成的，是那么鲜艳、火红、热烈。井冈红军路，红杜鹃十里长廊，把井冈山市装点得如诗如画，令人沉醉。此时，我听见有人唱起了电影《闪闪的红星》里的插曲《映山红》："夜半三更哟盼天明，寒冬腊月哟盼春风。若要盼得哟红军来，岭上开遍哟映山红。映山红哟映山红，英雄儿女哟血染成。火映红星哟星更亮，血染红旗哟旗更红。高举红旗哟朝前迈，革命鲜花哟代代红……"

　　轻盈飘逸的歌声在挹翠湖公园广场响起，响彻茨坪小镇的夜空，《映山红》，充满了激情，让人热血沸腾；歌声把我带到了当年红军战士英勇杀敌，不惜代价，誓死抗敌，反"围剿"的英勇场景。走在湖边的小道上，路边一簇簇红艳艳的花，不正是当年红军战士用鲜血浇灌的杜鹃花吗？

　　站在挹翠湖边，欣赏如诗如画的美景，深深吸一口井冈山新鲜甜润的空气，心旷神怡，精神抖擞。

　　你看，花树绕岸，绿荫护坡，春风送爽，水榭迎客；山雀在枝头鸣唱，彩蝶在花间舞蹈，小船在水里游弋，笑声在湖面回荡。再看那波光潋滟的湖面，蓝天相映，白云飘忽，游客坐在船上遐想，水中浮现着他们悠悠荡荡的倒影。

　　挹翠湖四周密布着花草丛木，临湖就近的百余处红色遗址，衬托着这块风景优美的革命圣地。

　　夏日里满目绿波，湖光山色，交相辉映。挹翠湖是中国革命胜利的湖，也是我心中最伟大的湖。

护楠记

茶盘洲，蜀水之滨，三面临水，楠木密集，山水相连，环山绕水，环水绕洲而往东流，悠悠的河水碧波荡漾，清澈见底，其形酷似古代端茶的茶盘，天然弹丸小洲，故名曰茶盘洲。

茶盘洲地处井冈山下的江西省遂川县衙前镇溪口村，洲上古木参天，巨楠林立，樟竹丛生，遮天蔽日，四季如春。数百年来，尽管三面河水暴涨，茶盘洲素来安然无恙，洪水从未侵袭过这个神奇的小洲。

一座石拱桥横跨蜀水河，自西边连接东边，直达茶盘洲。石拱桥经历数百年的风侵雨蚀，依然巍然屹立，犹如天虹铁桥，岿然不动。站在古老的石拱桥中间，可望罗霄山脉雾海苍茫的蜀水从天上飘然而来，宛如一条绿色的巨带，穿越井冈山的崇山峻岭，从遂川左溪河直奔茶盘洲，随后又绕道而东去。

走下石拱桥，一扇沉香竹木制作的"古楠神韵"大拱门笑迎四面八方的游客。

茶盘洲脚下的一块平地上，有一排土砖墙和木板楼盖泥瓦结构的两层古屋，古屋有 200 多年历史，是洲上何氏祖屋。古屋居住有 26 户人家，古屋斑驳，完整古朴，黄的墙，黑的瓦，岁月变迁，古屋馨香。古屋在高大威猛的楠木群落的辉映调和下，成为茶盘洲一方古典乡愁的韵味之美。

茶盘洲河岸千米沙滩翠竹掩映，绿影婆娑，一根根翠竹笔直挺拔，就像一道天然屏障，壁垒森严，守堤护洲。走进曲径通幽的竹林，四周雾气缭绕，如同置身世外仙境，置身于绿色的竹云里，阵阵清风拂面，令人心旷神怡、清爽舒适。茶盘洲共有160人，村民勤劳朴素，热情好客，古有进士，今有博士，民风淳朴，风调雨顺，人杰地灵。

历史上，楠木是中国四大名木之首，它对生长环境很挑剔，存活艰难，但在茶盘洲却有极强的存活力，众多古楠木连成一大片林子，见证了一方水土，孕育一片珍贵树木的灵气。一棵棵楠木，就像美艳的少女，婀娜多姿，亭亭玉立。茶盘洲给予了楠木栖息之地，让这国之魂、灵之宝的楠木在这片神奇的土地上生根发芽，繁衍不息。

据专家考证，此地最古老的一棵楠木栽植于宋代，树龄达1100年以上，在江南众多楠木中可谓鹤立鸡群。2018年6月，江西省绿化委员会、江西省林业局联合发布了"江西树王"的通报，这棵楠木被正式命名为"宋楠王"。当地游客称其为"江南第一猛楠"。从此，这棵楠木王的美誉流传省内外。

"宋楠王"闻名遐迩，气势非凡，枝繁叶茂，耸天威武，围径5.86米，高40米，树冠达800平方米，4个成年人手拉手才能围着绕一圈。

楠木林依山而居，与何氏村民惺惺相惜，楠木珍贵，从古至今常常被世人砍伐以获得经济暴利，而在茶盘洲，当地何氏祖训立下了"只造不砍"的规则，使楠木林拥有了得天独厚的自然和人文双重的生长环境。

护楠爱楠，茶盘洲村民定下了千年村规民约，不准砍树、损树，重奖护楠，严惩损楠。何氏族长号召祖祖辈辈要用身家性命来保护楠木群，何氏人在，楠木在。

相传，在光绪年间，朝廷一名县官发现这棵楠木后，派兵到茶盘洲准备砍下这棵楠木作为贡木，奉送给皇上。刚砍了两斧头，被何氏村民发现，何氏家族100多号男女老少自发赶来，手牵着手围着楠木誓死护树。县官无奈，只好作罢，这棵古树得以幸存。

楠木值钱，一天夜里，两名盗木者潜入茶盘洲盗伐，被村民何树安发现，盗木者掏出一把钞票塞给何树安，遭到拒绝后恼羞成怒，挥棍殴打何树安，何树安赤手空拳与两个盗木者展开英勇搏斗。何树安被打得头破血流，高声呼叫抓贼。顿时，上百人点着火把前来增援，两个盗木者吓得屁滚尿流，落荒而逃。

被村民保护下来的那棵楠木饱经风霜，历尽沧桑，经历千年风霜雨雪，风采依然。一年冬天，茶盘洲下了一场大雪，这棵原本挺拔的楠木被冰冻拦腰折断。村民可急了，他们从家里扛出梯子、麻绳，有的把家里的门板卸下，把断垂的树枝四面撑起，楠木竟奇迹般活了下来，在截断处形成了6个新的枝杈，长出了新枝。这棵古楠木几经磨难，充满生机，长得树干粗大，树冠如盖，郁郁葱葱。

茶盘洲村民保护楠木胜过自己的生命，千年村规民约，不变的是誓死守护，一代传一代，代代传承。何氏家族成立义务巡防队，一年365天不间断巡防，做好防火防灾害事故发生的工作，成为楠木群忠实的啄木鸟。村民自发维护楠木群山场的清洁卫生，把楠木群的竹林小道、树木山场、道路，打扫得干干净净，秩序井然。近年来，新农村建设如东风吹拂，村里建起了牡丹亭、石竹凳、楠木椅，供游客舒心悦目赏楠，品味楠木树的神韵。勤快的茶盘洲妇女，在五角亭摆上一张小桌，桌上摆满了煎炒烹炸的红薯片、南瓜饼、浸辣椒、豆角花、酸甜杨梅、豆饼、香菜花……这些农家小吃，香气袭人，让游客垂涎欲滴。

由于"楠"与"男"谐音，当地结婚后想早生贵子的女子都会慕名前来与这棵"江南第一猛楠"抱一下，据说与"江南第一猛楠"拥抱后很快能怀上自己梦寐以求的"贵子"。尽管这是一种没有根据的说法，但当地新婚男女都遵守到这里"抱楠"的习俗，双休节假日，成群结队的青年男女前来茶盘洲抱一抱这棵"江南第一猛楠"，以求人丁兴旺、多子多孙。如今"抱楠"有了幸福感，抱一抱"宋楠王"，让人心胸豁达，心有蓝天，神采飞扬。

茶盘洲不仅有其深厚的历史底蕴，也有其感人肺腑的护楠故事，更有其浓烈的传奇色彩。这些故事，都成了茶盘洲光彩夺目的历程。如今，人们也越来越认识到这片神秘的处女之地的珍贵，并在不断构建保护这片原始生态繁荣昌盛的良策。

相遇黄桃姑娘

周末，去井冈山旅游，从 315 省道出发，行程 20 公里后，转入 S220 遂井省道，很快驶入草林镇红色圩场，接着就到了"中国金橘之乡"堆子前镇。

车辆在湘赣边界国道缓缓前行，公路两侧墨绿如海的草木匆匆如闪电般被抛在脑后，穿越村庄、河流、山峦、峡谷、丘陵、田园，我突然发现公路两边每隔一二百米的小树下就有一个小摊儿，有的扎起红色的太阳伞，有的扎一把小雨伞，伞下摆放着一筐筐金色灿烂的黄桃，林林总总，红花绿柳。我觉得好奇，这分明是金橘的故乡，怎么摆起了黄桃的摊子？

车行过仙人井山坳，下了坡，转了一道弯，一顶橙红色的太阳伞吸引了我，我想探个究竟，把车停靠在路边的小道上，走进了这扇能容纳三四个人的遮阳伞。摊主是一个年轻的苗条淑女，刘海儿下一对水灵灵的眼睛。我与她对视时，她那双眼睛就像在说话。"叔叔好！"随着一句亲切的招呼声，年轻女子脸颊上两个可爱的小酒窝露出情不自禁的喜悦。

"叔叔，您尝尝这熟透的黄桃吧，津甜鲜美，可口香甜，味道就是不一样。"年轻女子的普通话声音清纯，但不太标准，显然不是本地人，我听出了她说话的尾音带着浓浓的湖南乡音。

"小妹，你不是本地人吧？"我好奇地问她。她回答说："不是。"我问她是哪里人。她说她是湖南人，我问她是湖南哪里人，她说是炎陵县人。我问她为什么来卖黄桃。她说这黄桃是她老家的特产。炎陵是中国优质黄桃之乡。秋冬之际，黄桃丰收，炎陵黄桃果大色黄，又香又甜，您走过路过，千万别错过……年轻女子一口顺溜的广告词，向我做起广告来了。

我问她："你怎么会想到来江西呢？"她笑了笑对我说："我是嫁到这边来了。"我感到惊奇，说："你还年轻啊，怎么就嫁到这边来了？"她说："叔叔，我已经不小了，今年25了。"

也许是我的眼花了，怎么看，这女子的确像一个十八九岁的姑娘。年轻女子似乎看出我的疑惑，她说自己已经有一个2岁的小孩了，嫁到这边已有5年啦。她边和我们说话，边用一块雪白的毛巾擦拭了4个黄桃，一个个递给我们，说："叔叔，你们不买没关系，尝尝吧，看看这个黄桃的味道到底怎么样？"我和3位同事接过她手里的黄桃，大家都津津有味地品尝起来。这黄桃，颜色金黄，咬上一口脆嫩，甜滋滋的，香甜可口。

黄桃好吃，我们纷纷表示要购买几斤回去给家人亲友品尝。于是，我们每个人都买了五六斤黄桃，年轻女子十分熟练地挑选，包装入袋，过秤算价，递给我们时，嘴里连声说："谢谢你们！感谢你们赏脸。炎陵的黄桃好吃，欢迎下次再光顾。"从她的笑容中可以捕捉到她的真诚和满足。我问她，一天能卖出多少黄桃，她说遇到好的买主一天能卖出100多斤，有的买主一次买二三十斤。她说有一个南昌的顾客买了20斤回去，打电话来还要买，她快递了50斤给南昌的客户。年轻女子开心的样子着实让人感到了黄桃的魅力。交谈中，我问她是怎么想到要到这边马路上来卖黄桃的。她不假思索地回答道，这里是通往井冈山的要道，上井冈山旅游的游客多，选择这种销售方式是最有效的。我想这女子还是很会利用商机，把生意做到旅游的必经之路，智商不一般。

220 国道车流量很大，全国各地来来往往的旅游车、货车、农用车，川流不息。我想知道年轻女子卖黄桃的故事，与她拉起了家常。说起她卖黄桃的缘由，她说与她的爱情有关，她叫杨莹莹，家住炎陵县十都镇，5 年前就嫁到江西遂川来了，丈夫叫王子鑫。6 年前，他们在广东深圳一家电子公司务工，同一个车间，起初不认识。后来因为一件寄自莹莹老家的黄桃快递相识，互有好感。

一来二往，杨莹莹与王子鑫的感情日渐加深，不久便谈婚论嫁了。2016 年秋天，他们商量好去杨莹莹家提亲。

金秋十月，百果飘香。杨莹莹带着王子鑫一起回到了炎陵十都镇。杨莹莹领回了一个帅小伙，一家人皆大欢喜。杨莹莹的父母左瞧右看，细心询问，觉得王子鑫是一个厚道、勤奋、可靠的小伙子，当即同意了这门亲事。这年头，十都镇正值大力发展种植黄桃的热潮，王子鑫发现了商机，他对杨莹莹说，种好黄桃就是一个发家致富最好的路子，黄桃与其他水果不同，种好黄桃，以后他们也不用出去打工了。王子鑫提出要去她家的自留山和耕地看看，杨莹莹带着他满山满地跑，回到家后，王子鑫的脑子里就构思了一个周密的方案。晚饭后，他向杨莹莹的父母和盘托出他发展种植黄桃的设想，杨莹莹的父母都举双手赞成。于是，一个精密的规划开始实施。杨家开发了 20 余亩山地，办起一座果园，种下了希望，也种下了爱情。

俗话说，女大当嫁，男大当婚。2016 年冬，杨莹莹与王子鑫结婚了。杨莹莹嫁到"中国金橘之乡"堆子前，由于金橘产销衔接不上，王子鑫依旧带着杨莹莹外出深圳打工，两年后他们生下一个小男孩，杨莹莹在家哺养宝宝，王子鑫在外赚钱养家，日子也是过得有滋有味，夫妻恩爱，家庭和睦。2019 年秋，杨莹莹与王子鑫带着孩子一起回到了杨家，让他惊喜的是种下的黄桃已经满园春色，硕果累累。杨莹莹的父亲告诉王子鑫，黄桃年收入可达十几万元，超出了原来的想象，这一切都要归功于女儿和女婿。

黄桃丰产，销售忙。杨莹莹为了把家乡的黄桃推销出去，毅然加入了浩浩荡荡的营销队伍，她把市场移步到了井冈山下的草林红色圩场和金橘之乡的堆子前。杨莹莹对我说，井冈山下草林与堆子前镇 220 国道公路两旁的小摊小贩有 40 余家，全都是她组织拉起来的，小摊上的黄桃都是她从湖南炎陵运过来的，这些小摊的主人一个月下来都能赚个两三千元，遇到游客多的时候，一天就能赚上千儿八百的，有的家庭再也不用外出打工了，在家门口就能赚钱。

听完杨莹莹讲述炎陵黄桃与爱情的故事，我对她肃然起敬，这女子真不简单！

相遇黄桃姑娘，美丽而神奇！

春到花开几枝俏

从春到夏的转变是那样的突兀，一阵急雨，满树的葱茏就映满了眼帘，一朵乌云飘过，山花就烂漫了整个山野。

时光匆匆，又匆匆。似乎，只是一眨眼，7月，已在身后掩上了大门。7月，悄悄地走来，静静地离去，只留下一段绮丽的回忆。

帷幕落下，有关7月的故事擦肩而去，烙上岁月的封印，成了一种痕迹。

坐在8月的门口，透过七月的门缝，回望，回想，抚依稀的身影，嗅仿佛的气息，细数缕缕淡去的心韵，暗香依旧盈袖，捡拾那些曾经的点点滴滴的七月流火，别样的日子，我们一起走过。走过7月，飘逸在视野里的是一道美丽的风景。

7月的丹山锦水，那碧绿的苔藓仍在舞动着光阴，古藤依旧缠绕着葱翠的回忆。偶尔飘来的一阵风，轻轻吹过七月的树梢，被风吹散的阳光洒落一地，在我的眼帘中舞动着、斑驳着。山道两旁树木葱茏，枝繁叶茂，绿树遮阴。道路曲折蜿蜒，随着沟谷千绕百折，两侧青山险峻，远处可见悬崖陡立，途中可见山下一边如织的锦江与另一旁似飞的翔龙湖，各种怪石、水草沼泽点缀于湖中水底，蜿蜒且有缓流的水域以自成一体的风范继续往前走，环境清幽，淡淡的花香袭人，多姿多彩的景象呈现眼前，夹缝中有山间润溪流下来，清凉透彻，只可惜水量不足，不过也足以配合山中有溪水的气氛。

四周山峰静静矗立，除了清幽间不绝于耳的蝉鸣鸟音，偶尔能听到远处一些游客的呼喊声，爬山的快乐之处也许就在此。鸟鸣山幽，随意地释放自己，舒缓身心，行走在林荫静谧的山间小道，既新鲜又似曾相识。逶迤曲折，探幽访秘，不知所终的快乐又被自然清新的空气摩擦点燃。真的天不会荒，地也不会老，说天荒地老的人只是不知要多少回的前世今生才遇此山此石？

曾经沧海难为水，他山之石静成归。此生已为石，难逢心知？情怀渐苍凉，陌路成不悔。路边有青草野花，道旁有凉风座凳，阳光如碎金散落，让我们心旷神怡，一半陶醉于自然，一半归隐于现代生活恬静的乐居之所。至今，那山，那水，那地，那人，还丝丝缕缕地萦绕于我的脑海里。

黄山的山路比较好走，若是随意慢行游走，感受这样的漫游，并不觉走得很累，却很开心。也许，人活于世，过得开心不开心，那真是得看你心中装着的是青山环抱还是楼厦林立，是绿树遮阴还是流光溢彩，是小桥流水还是灯红酒绿呢。想起看过的一句话：当你游走在山水之间，花香盈袖，又有琴声入耳，身边会有什么人和你一起震撼与受益于自然，迎面，转角，会遇上什么样的人，邂逅什么样的故事，只有走进黄山，用你的脚步去丈量，用你的步伐去跋涉，用你的眼睛去欣赏，用你的心灵去体味，你才知道，那岿然屹立的草原，那无可撼动的存在，那无法用文字诠释的内涵。

从黄山下来，我已经闻到了八月桂花的遍地清香，一阵山风吹来，满脸的桂花香袭迷醉。

热热闹闹过大年

腊月二十七八，老家的乡亲们总是忙忙碌碌，四处奔波准备年货。家家户户赶集的赶集，上街的上街，跑商店的跑商店，杀鸡宰猪，忙得不亦乐乎。乡亲们买对联、买花炮、买红蜡烛，买所有过年的食物，一看那份热乎的劲儿，就知道今年人们的生活又好于往年了。

大年三十，是家家户户合家团圆的时刻，镇里乡村见不到人，只有爆竹声声响彻一片，从早上到晚上，各家各户都在做团圆饭，满桌的鸡鸭鱼肉，香喷喷的农家小炒，全家人围坐在一起尽情享受十几碗美味佳肴，品尝每道菜的好坏。到了下午，一家人全部要洗澡，换新衣服。傍晚，一家人一边贴春联，一边看孩子呼朋引伴地放着烟花鞭炮。晚饭后，家庭主妇会拿出最好的茶点零食放在厅里的桌上供家人们分享。

除夕之夜，全家人坐在一起一边看春晚，一边品味新年的家庭茶点，那才叫欢乐幸福、喜气洋洋呢。只有在这时，你才知道什么是合家团圆，什么是年年有余，什么是心想事成，什么是吉祥如意。也只有在这时，这些词听起来才叫人畅快。这些美好的祝福之语只有是打心眼里流出来的，才那么自然热闹、那么惬意。过年，是中国古往今来最重视的民族传统文化习俗，而在我的记忆里，过年更是孩子们一年中最快乐幸福的时光。

过新年，孩子们总是欢天喜地，开开心心地找伙伴们玩，可以尽情在村头放鞭炮，玩家家，可以不做作业，可以犯点小错误，家里的大人也不会打屁股，还可以一个劲地吃喝玩乐、听流行音乐、到网上冲浪、玩电子游戏。到了下午，小伙伴们在一起放一串串的"天地响"和"冲天炮"，贴春联，穿新衣服，蹦蹦跳跳地拜年要压岁钱，给少了还不行，缠着大人要大张钞票的压岁钱，大人们总是以考试分数来交易，而此刻，小孩会不假思索地承诺，一定考100分，多惬意呀！与孩子们相比，大人们是在祥和中拥抱着幸福，在幸福中体味着温馨。

过去，一些老年人不太喜欢过年，因为每过一次年自己就老了一岁，就像树的年轮又多了一圈。现在生活水平提高了，医疗保健条件极大提高，活到七八十岁并不稀奇，老人也像孩子们一样兴高采烈地喜欢过年了，看儿孙绕膝，福气满堂，更重要的是一家人围坐在一起，尽情地品尝香味十足的浓茶，剥瓜子，吃点心，看着电视守岁，一家人欢欢喜喜地享受着天伦之乐。捧着孝顺的儿女献上的一份份新年的祝福，静静地沐浴着心灵快乐的阳光。电视频道换了又换，可焦点还是在中央电视台的春节联欢晚会的舞台上，许多年来，春节联欢晚会早已成为人们在年夜饭之后最好的精神大餐。

守岁至正月初一零时，刹那间，从四面八方响起了震天的鞭炮声，一声声、一阵阵，万炮齐鸣，真让人心灵震撼，精神跃动，仿佛整个世界都在用这种响彻云霄的鞭炮声欢庆中华民族的传统大年。随着鞭炮声响起的，是令人应接不暇的拜年电话、短信和微信。万水千山，也隔不断那份浓浓的深情厚谊。

时代在变，人们的生活习惯也在不断改变。比如吃年夜饭，之前是兄弟姐妹一起回家集体过年，而现在享受过年的轻松愉快，兄弟姐妹实行轮流坐庄，在饭店里、农家山庄酒店里订餐。生活富裕了，还没到腊月，有特色、服务好的饭店早已被预订一空。酒店老板说，提前订年夜饭的很多，餐费标准也提高了许多。大家挤进酒店餐馆，特别是有风味特色的酒店餐馆，有的去海鲜楼，吃鲜活海鲜，有的去火锅城，全家涮羊肉。

过年穿新衣也是人们对传统老路的追求和继承。生活不富裕时，一年到头做一件布衣那是梦寐以求的目标。后来生活稍好些，人们穿上了的确良、涤卡、驼绒棉袄，现在，人们穿的是各种流行的夹克、长短大衣，每件几百甚至上千元，款式新颖别致。唐装过后，休闲装、时装成为节日期间的一大风景。在舞台、街头、商店等公共场合，五颜六色、质地优良的休闲装，色彩斑斓。家家团聚，户户欢歌，火树银花，好一派欣欣向荣的景象。还有许多家庭出国旅游过年，可以千里回乡过年，可以到南方花城过年，也可以到椰果飘香的海南岛过年，这些早已不是梦想和奢望了。

牛年新春，因疫情防控需要，微信拜年成为主流，有转发拜年段子的，有自创拜年祝福语的，或问候，或讴歌幸福生活，或展望美好愿景，甜甜蜜蜜，热热闹闹。

除夕之夜

除夕之夜，鞭炮声此起彼伏，紧锣密鼓。

大年初一，左邻右舍的孩子们要比一比谁家的鞭炮放得最早，响得最长，从而把对鞭炮的热度推向了高潮。春节不知不觉就过去了，我们感觉正月来得太慢，且走得太快。

新年过后，吃的机会自然减少，新衣服也穿得肮脏不堪了，鞭炮的声音更是荡然全无。过年其实是一种心境，农村中有句话："有钱没钱剩个光头过年。"再艰难的人，当抖落了一年的辛苦，换上整齐得体的衣服，一家人也会欢欢喜喜在一起，吃一顿年夜饭，喝几杯醇醇的米酒。过年的主要内容是拜亲访友，多日不见的亲戚好友在这几天千方百计相聚，共度良宵。

这几天的农民兄弟老伯妇女，人人春光满面，个个喜上眉梢，没有一个愁眉苦脸的，即使是再不对路的，见面也总要道一声"新年好"。在春节这种美好的日子里笑脸相见，平时的积怨烟消云散了，乡亲们在整个正月要尽量避免如吵架骂人、生气赌气等一切"不吉利"的言行，开口正如春联上写的"新喜""出门见喜""喜庆有余"等喜庆语言。

过年，伴着咚咚的鼓声，欢乐的歌声，青春的舞步，老人舒展的皱纹，孩子们天真的笑脸，红红火火走来。

转眼间我已经迈进了 40 岁门槛，过年的心境依然如童年时代那么充满朝气，那么心旌摇动。从乡下到城里，过年的心境一直是沸腾的，而乡下的那种过年的日子总是令我流连忘返。

记得小时候，一进入腊月，早晨起床前，我总要掐着手指头把过年的事合计一番。盼星星、盼月亮，恨不得过年马上从天而降，然后光头钻进无拘无束的"喜"字，合计着到乡上最大的供销商店里把最理想、最物美价廉的鞭炮买到手。先拆上半挂鞭，悄悄藏在衣袋里，跑到母亲看不着的地方，噼里啪啦地一直零零星星响到大年三十。

过年是一种享受。当各家各户挨个杀猪宰鸡的时候，这种享受实际上已经来临了。我们一帮子小伙伴非要等到猪、鸡开膛破肚，把抢得的尿脬吹得老大，玩破了，再做成一面小鼓，敲敲打打，在当时文化生活贫乏枯燥的农村也着实获得了无穷的乐趣。

到了大年三十，大人们忙着打扫院子，洒水贴对联。娃娃们已经穿上了新崭崭的衣服，跑到大马路上，似开屏的孔雀，与同伴攀比，美滋滋地炫耀一番，那种喜滋滋乐在其中的感觉至今记忆犹新。

太阳花

闲暇栽种奇花异草是一种寄托，一种享受，一种雅趣。

公安局大院里的李师傅是一位栽花能手，大院方圆 300 余米，四周是蓝白红绿青紫，五彩缤纷的花草竞相绽放，给院子带来一派优美、舒适的环境，一种生机勃勃的感觉。

前不久，爱女从李师傅那里弄来几根马齿苋样的太阳花苗，小心翼翼栽在花坛中，然后放在窗台上，每天总忘不了浇水，让它在窗台上晒日光浴。

几天后，太阳花便亮出勃勃生机，长成满满的一盆葱绿。那椭圆形的松针小叶绿汁欲滴，每片叶端长出了荷苞般的花蕾，昂首苍宇，惹得人心醉，撩得人眼馋。我伫立在太阳花前，凝视良久，心海荡漾起美妙愉悦的涟漪。

我想，这样美的东西应该放置在客厅内，让人共赏才不致埋没，否则，或被太阳烤焦，或许枯萎……于是，我就轻轻地把它搬到客厅里，静静地观察着、期盼着，可事隔数日花蕾依然如故，原来想象中美丽的小花执着不愿圆梦，其叶其枝却有几分困惑、几分惆怅，我急了，向女儿求教，她的回答简单明了："太阳花靠太阳。"

　　早晨，霞光万道，生机盎然，女儿将花盆重新搬回窗台，不到半个时辰，奇迹终于出现了，无数朵美丽的小花在阳光的抚慰下露出了惬意的微笑，它们争先恐后怒放了，有大红的、粉红的、鹅黄的、洁白的，如一盆熊熊燃烧的圣火，似一簇簇丝绸精制而成的绢花，小巧玲珑结集成团，争相辉映，从心底放出爱的浪花！像朵朵从天空中飘落的流霞……哦，我知道了，每当夕阳西坠，它那风姿绰约的神采便悄然离去，那绚丽夺目的花蕊却被滚滚的岁月淹没。此刻，我顿生几许思念，几许失落。我深信，它肯定是去追寻明日的艳阳，去孕育新的生命、新的希望，使来日更加灿烂辉煌……

杏花雨

是谁，将春的舞步催赶得这般急切？是谁，将春的衣裙点缀得如此娇艳？

杜甫有诗曰："好雨知时节，当春乃发生。"一场杏花雨，叩响了深冬的沉寂，裹走了腊月的休闲。唤醒了花儿，鸟儿，虫儿……一切都萌发了，勃发了。

没有雷鸣开道，没有狂飙护航，春雨悄悄地走来，以至于你在夜读时竟没有觉察出窗外雨点的滴答声。春雨就是这般文静，不爱张扬，不爱前呼后拥，脚步轻轻的，怕惊扰了农夫的酣睡，怕搅乱了文人的夜耕，不知不觉中送给你一个意外的惊喜。

薄如纱，柔如丝，亮晶晶，春雨悠悠地飘洒着，洒透了田田畔畔，也滋润了那不留意的沟沟坎坎。春雨就是这般热忱，不偏不倚，不慌不乱，不敷不衍，用含着酒窝的微笑，用深情的吻，将甜蜜洒向人间。

万物舒展开原本蜷缩着的身姿，扬眉吐气，生根，开花，结果……用未来的丰收感谢春雨。

万物放开原本尘封着的喉嗓、虫鸣、鸟语、流水潺潺、清风习习、风筝欢笑、车夫扬鞭、牛马奋蹄，用新年第一首好歌迎接春雨。

用细细柔丝编织出一幅幅绚丽的画卷，用轻轻弹唱引发一曲曲欢快的交响乐，春雨悄悄地走了。

春雨就是这般温顺，当进则进，当退则退，不要回报，讨厌奉迎。既不像那淅淅沥沥的秋雨，下得没完没了、喋喋不休，也不像那飘泼的夏雨虽然泼得痛快淋漓，干净利落，却往往惹下祸端。

春雨，大自然的女儿，你迈着轻快的步伐向人们走来，一片绿，生机勃勃，春意盎然。

神奇的狗头山

　　话说夏朝末年，腊月某日正午，湘赣边界的江西龙泉府汤湖小镇正值圩日，熙熙攘攘的人群摩肩接踵，突然，对面山顶一道星光闪烁，天空中出现千道彩虹，苍穹之下一只雄性黄狗腾空而起，嚎叫三声后，伏于山头，昂首西方，渐渐定格为一座雕像。而后，山上山下雾浓云集，漫天云霭，山下一片绿色草丛，郁郁葱葱，景色煞是迷人。山下村民闻声好奇，徒步上山，发现曾在山顶狩猎的黄狗成为一具石狗，山下已经变成一片绿色的海洋，山民奔走相告，惊愕唏嘘不已。从此，此山头被山民取名为狗头山。

　　据传，炎帝生前喜爱飞禽走兽，尤其对狗有特别好感，深山有一仙道长老看中炎帝喜好，送给炎帝一只大黄狗，从此大黄狗似忠诚仆人，每逢出巡外游，炎帝总要召它在身后随从。

　　一日，炎帝西巡，途经罗霄山山脉湘赣边界最高峰南面，游览井冈山五老峰，脚踏江西坳，一路乘兴而去，当游至西南高山脚下的一条山脊，额首只见山下一条小河，涓水细流，山上一片郁郁葱葱，花香鸟语，山风拂面，清凉爽气，眼观东西南北，眺目远瞩，景致悦人，赏心悦目，炎帝心旷神怡，仿佛来到了天上仙境……

炎帝站立良久，依依不舍。不料，因连日风餐露宿，天气炎热，沿途劳顿奔波，突然晕倒，随从数十人六神无主，御医下药无效，束手无策。黄狗嗅了嗅炎帝口鼻，飞快下山搬兵求救。一刻工夫，一位山民随黄狗上山，见炎帝病状，随手采摘山头矮小绿草，捣碎成汁，滴入炎帝嘴中，片刻，炎帝醒来，神清气爽。为感激山民，便将此草命名为狗牯脑茶叶，此后也被当地山民称为神茶。

炎帝西巡后回到炎陵，暮年驾鹤西去，安葬在湖南炎陵墓地。白鹤、大雁受命守炎陵墓，黄狗受命奔西守茶山。

大黄狗镇守汤湖茶山，忠于职守，长年累月潜伏山头，与虎狼野猪搏斗，保护茶山，让神茶一代一代繁衍，成为山民除病驱邪的良药，更是山民赖以生存的钱罐子。但是黄狗经历数年风霜雨雪，冰冻暴晒，饥饿不堪，岁月不饶，体力下降，终于一病而亡，临终时嚎叫三声，震动天神，天公闪电化彩，为黄狗送行，忠烈黄狗化为狗头山，屹立茶山，成为神茶标志。上下五千年过去，狗牯脑的头，狗牯脑的山却流传至今。

神茶神山，美丽传颂，至今记忆犹新，一方百姓对忠烈黄狗千古牵挂，对黄狗的思念化为那一片片泡在清源中的狗牯脑神茶，化于品茶咀味之中。神山源远流长，狗牯脑茶世代流传。

金橘的传说

金橘有个别致的"奶名"——懒汉果。

相传，在很久以前，龙泉（今遂川）西南 43 公里处，有一堆垒状小山镇，曰堆钱（后由于历史发展，改称为堆子前）。镇上有古姓汉子懒得出奇，"比蛇还懒"，人称"懒蛇古"。

"懒蛇古"穷得叮当响，家徒四壁，常常揭不开锅。一日，实在饿得没办法，他才移步上山，去寻找野果充饥。当他转过一个又一个山坳，翻过一道又一道沟坎，饥累交加，陷入绝境时，猛然间，一排长满金黄果粒的小树出现在自己面前，他不由得一阵狂喜。也不管它能不能吃，一口一个，狼吞虎咽，饱饱吃了一顿，然后美美地睡在山地上等死……然而，"懒蛇古"睡了半天后醒来，不仅没有死，而且精神爽爽，神采奕奕。他突发奇想，何不把果子带回家去种植试一试，今后没粮食维持生计，那不是最好的食粮了吗？于是，"懒蛇古"把果树上的果子全部摘了下来，回到家食用后，把果核全部埋在自家菜园的土中。此后，"懒蛇古"再也没有到菜园地去看过一眼。次年春天，"懒蛇古"的菜园地里长出了一棵棵青绿色的幼苗，"懒蛇古"兴奋不已。但是，他依然不下肥也不松土，只是时不时到菜园里除除草而已。三年后，菜园里的果苗茁壮成长，一棵棵苗子长得比"懒蛇古"高了。到了夏天，果树花香遍地，果树结满了青色的果子，"懒蛇古"高兴得欢天喜地，等待果子的成熟。到了秋天，果子熟黄了，全部是金黄色的，一个个硕大而圆嘟嘟的，既好看又好吃。他自己吃饱了，就摘下一些到市场上去卖。当人们问他叫什么果子时，"懒蛇古"不假思索地回答："懒汉果！"当地人尝到了又甜又酸的"懒汉果"之后感到十分惊奇，就问起"懒汉果"的来历。"懒蛇古"毫不保留地告诉了乡亲们。"懒蛇古"为了乡亲们能够解决饥饿问题，还告诉了他们如何播种，如何修整……从此，这里的百姓一传十、十传百，广泛播种。嘉庆年间，"懒汉果"被人们流传到了广西、浙江、湖南一带，此后，这三省也成了全国有名的产地，而这种果子被人们取名为金橘。

"懒蛇古"没有想到，他"发现"的那金黄黄的"懒汉果"，千百年来，出尽风头，甚至成为皇室珍果。唐太宗李世民每年重阳节在蓬莱殿宴请群臣，都以金橘为上品，每人赐予新鲜金橘，祝福"吉祥如意，寿比南山"。至北宋景祐中期，因温成皇后嗜之，价遂贵重。元代诗人林虹在他的《桔子记》一诗中，描绘了这种盛况："丛丛洗手绕金盆，旋拭红巾入殿门。众里遥抛新摘子，在前收得便承恩。"

改革开放后，党的富民政策如沐春风，吹过重重山野，吹进了堆子前镇。镇里的一些有识之士，率先在金橘树下做起了发家致富的主意。

古玉生，"懒蛇古"的第四十代传人。1984年，他从华中农学院学习归来后，一头扎进了"低改果园"试验中。他拿自己分到的2.5亩老橘园进行试验、深翻、施肥、防虫等，均按科学方法严格地进行，当年就获得可喜的成果，产量达到1700余公斤，比低改前翻了一番多，1990 年的产量又翻了近一番。由于 2.5 亩橘园产量 3250 公斤，他获得了"全国星火带头人"称号。

古玉生的科技成果为镇政府"大力发展金橘事业，把金橘育成堆子前镇农民脱贫致富的摇钱树"的宏伟蓝图倍添了信心。1991 年，镇政府组织人员学习金橘科学栽培技术，把古玉生点燃的科技星火，引燃到堆子前镇，以至遂川县的千家万户。

如今，那遍地开放的科技之花，已结出丰硕的果实。低改前，全镇每年总产金橘 75 万公斤，当年达到 250 万公斤，翻了一番多，连续 5 年增产增收，今年获历史最好收成。全镇现有橘园 12700 亩，年总产值达到 360 余万元，每年获利 120 多万元。

10 年的变化越千年！

从懒汉果到摇钱树，从天种到人栽，这是一个质的飞跃。

红圩小镇

蜿蜒幽深的老街，一幢幢百年青灰色仿古建筑房屋古朴典雅，低矮的古屋门前，楼阁，挂满了红灯笼，老街显得格外地庄重和祥和。

怀着敬意探访古街真迹，信步老街，带着神秘感追寻毛委员当年的足迹。

老街情景式的茶店、酒馆、布坊、米铺、乡贤馆、农博馆，一栋栋仿古建筑蕴含古朴厚重的红土文化气息，书写着岁月的痕迹，弥漫着浓浓的红土情怀。

草林小镇红色圩场位于井冈山下的遂川县城西北23公里处，小镇有五条老街，200多间店铺，圩场临河的一条百年老街宽7.5米，长110余米，总面积1200平方米。井冈山革命斗争时期，草林圩场是湘赣边界土特产品和生活日用品的主要集散地，也是湘赣边界四大圩场之一，广东、湖南、福建、江西四省20多个地市商人来此小镇经商贸易。

草林老街人来客往，一间间茶店、茶馆、茶楼，茶客纷纭，三三两两聚在一张小方桌子前，茶客手端茶杯，时而神情专注，品味杯中清纯的绿茶，如痴如醉，谈笑风生；时而吞云吐雾，口吐芬芳，嘴里不时啧啧称道，"好茶好茶……"一阵阵茶香勾起了我久违的饮茶味蕾。走着走着，我和文友一头扎进了"老街茶店"，女主人满脸笑容地招呼我们落座。

"老街茶店"纵深20余米，4米宽。茶店男主人蒋玉平，五十四五，微笑的脸，饱含着一个茶道人的憨厚和善良。他经营老街茶店已经32年了，把红圩小镇的茶文化做得如火如茶、声名鹊起。红圩茶店起初十余家，近年来茶馆、茶店、茶楼，如雨后春笋拔地而起。

老街临河，一座浮桥从东到西，连接圩场河两岸。浮桥始建于清代同治二年，邑绅黄云龙等禀请邑令颁发印簿劝捐修建。原桥长50余米，修建以来由桥委会管理。新中国成立后，由当地政府接管，此桥曾是草林水北和本县上坑、大坑等地群众通往草林圩场的主要交通要道。改革开放后，随着当地交通基础设施的完善和居民出行方式的改变，草林浮桥逐渐老旧废弃。2017年，为将红色圩场与毛泽东旧居等旧址串联起来，打造红色游学精品小镇，当地政府修建了此座全长120米、铺设木船20只的仿古浮桥。

渡过浮桥，来到了红色圩场水北坛前毛泽东旧居"肖万顺客栈"中心，红军战士与老百姓在圩场交易的雕像活灵活现立在圩场，只见毛泽东与红军战士召集穷苦百姓在一起，宣讲打土豪分田地，宣讲保护中小工商业的政策，红军战士分肉给老百姓，老百姓送鸡蛋给红军的热烈气氛，洋溢着军民一家亲，亲如鱼水。

圩场小街两旁一幢紧挨一幢的店铺土木结构，一开二进两层楼，青砖灰瓦，屋檐楼阁，雕琢精细，古红棕色。圩场老街两旁的杂货铺、鞋铺、布庄、米铺、酒庄、放映厅、同心馆、裁判所，红色印记历历在目，见证了毛泽东一代伟人艰苦卓绝的斗争历程，记载了毛泽东领导军民创建红色圩场的丰功伟绩。

当年毛泽东居住过的"肖万顺客栈"，室内土墙斑驳，风清气正，毛泽东同志使用过的板床、凳子、马灯、桌子，都保存完好，整栋房屋原貌依旧，风采依然。红色圩场旧址于1978年被列为爱国主义教育基地，江西省重点文物保护单位。

话说墩子前

那块山坡，从前叫墩子前。

山坡上有一棵大槐树，槐树下有一个用石块垒筑的石墩子。这墩子是一个藏金元宝的地方，还有一个传奇故事，这还得从清朝乾隆年间说起。

墩子前三面环水，一面靠山，一个缓缓的山坡上满是青草野花，像是铺了一层厚厚的五彩斑斓的绒毛毯子，这是个放牛的好地方。特别是山坡上那棵足有水桶粗的郁郁葱葱的大槐树，更是放牛娃玩耍的好所在。

村子里一个大户叫钟知未，他请了一个放牛娃，专门为他放牛。放牛娃爱唱歌，会吹笛子，村里人都叫他为"牛歌少年"。

一天下午，"牛歌少年"像往常一样来到牛栏前，牛看见他都会亲热地发出"哞哞"的叫声，"牛歌少年"就将它们赶到山坡上吃草。

"牛歌少年"把牛赶上山坡，来到大槐树下躺下，看天上变幻无穷的白云，观赏槐树上的枝节漫野，想着石墩子里面到底藏有啥东西。正在遐想中，突然一只雪白的野兔倏地从他身边蹿过，直钻进大槐树下的黑洞去了。"牛歌少年"弯下身子伸手去捉，却怎么也够不着，他使劲拨拉掉洞边的杂草泥土，扒着扒着，突然触摸到一块光滑的条石，"牛歌少年"仔细一看，又一拔，竟是一块松动的尺把宽的方石块，他顺手把这块石头拿起来放在一边，又意外发现下面竟放着一个盖着盖子的泥缸。"牛歌少年"好奇地掀开盖子，奇迹出现了，里面是金光灿烂的金元宝。"牛歌少年"惊呆了，他刚缓过神来想伸手抠出这个泥缸时，不远处有人吆喝着收工了，几个人正陆陆续续朝这边走来，"牛歌少年"怕被人发现，忙不迭将石块放回原处，拨拉些杂草泥土铺在上面。然后，强作镇静赶着牛群回家了。他打算明天早上放牛时再来取那缸金元宝。

"牛歌少年"做梦也没想到，他所做的一切都被人看得一清二楚。这个人就是钟知未。原来钟知未的卧室有一个阳台，每天黄昏他爱坐在阳台的走廊上眺望山坡上那棵大槐树，"牛歌少年"的一举一动，他看得清清楚楚。他见"牛歌少年"在大槐树下拨拉了许久，又隐约看见他好像拿起了一块石头，之后又埋了回去。钟知未就想，这伢鬼[1]是不是偷了我家什么东西埋在那里了呀？钟知未越想越觉得蹊跷。

深夜，钟知未待所有人熟睡后，蹑手蹑脚来到大槐树底下，他扒开树洞边的新鲜泥土，又抠出那块方石块，掀开泥缸盖子，啊，一缸光闪闪、金灿灿的金元宝在月光下发出幽幽的光。

钟知未几乎头晕目眩，贪财的本性使他渐渐冷静下来，天外之财，这下发财了，他"嘿"了一声，将这缸金元宝抱起，借着月光一溜小跑回到了家，悄无声息将这坛金元宝藏了起来。钟知未躺在床上兴奋得一夜未眠。

而这一夜，"牛歌少年"也未眠，天微微明他就起了床，一

_____

[1] 伢鬼：方言，指孩子。

路飞跑来到大槐树下，一见泥缸已被人抠走，顿时急得晕倒在地。管家发现他一早出去到半晌没有回家，派人出去寻找。"牛歌少年"被家丁背回家后仍然昏迷不醒，掐人中，灌姜汤，折腾了半个时辰，"牛歌少年"才悠悠缓过气来。但他目光呆滞，神情恍惚，口里念叨着"金元宝，我的金元宝……"钟知未心知肚明，说他疯了。

由于抑郁过度、茶饭不思，过了十余日，"牛歌少年"郁闷而死。也许是良心发现，钟知未嘱咐管家买了一副好棺材把"牛歌少年"给埋了。

"牛歌少年"死后，钟知未用这些金元宝又置办了大批家产。因住在墩子前总觉得心神不定，老梦见"牛歌少年"向他讨要金元宝，于是钟知未决定举家迁往繁华的赣州城。从此，钟知未成为赣州城方圆几百里屈指可数的富豪。不久，钟知未用这些金元宝，在赣州城买下了365间店铺，开始坐享其成。

随后，钟知未娶了三个老婆，三个老婆都没生小孩，第四个老婆才生了一个儿子。接生婆把生出来的小孩给管家看，管家大吃一惊。钟知未左看右看，发现这小子与死去的"牛歌少年"十分相像。钟知未不寒而栗，得子之喜，顷刻间化为乌有，取而代之的是说不清道不明的恐惧感。钟知未深知儿子未来会遭遇不测，于是给那小子取名钟万斗。

也许前世报应，钟万斗7岁上学，不学无术。钟万斗长大后不思进取，要吃要喝，花钱如流水。到了中年，钟万斗玩世不恭、吃喝嫖赌，成事不足败事有余。不久，钟知未被活活气死。钟万斗40岁那年，因坐吃山空，败光了赣州城的365间店铺，把钟家的所有积蓄全部花光，沦落为叫花子，唯一值钱的就是乞讨用的一只金饭碗和一双金筷子。最终，钟万斗穷病交加，在赣州城街头被冻死。

　　钟万斗死后，钟家族人把他的尸骨埋在那棵槐树下的石墩子旁边。这里的村民称这块地方为墩子前（钱）。民国初年，这里的村民为祈求风调雨顺，富裕发达，改称这地方为堆子前。

仙人井记

在中国金橘之乡，有一个叫久渡坳的山坳，毗邻草林镇、西溪乡交界，遂川至井冈山省道公路贯穿全境。这里交通便利，南达湖南桂东县，北上井冈山，人杰地灵，物华天宝，是一个旅游的好去处。

在久渡坳山下的一个小山坑口，古时有几间店铺，店铺旁边有口清澈的水井。传说很久很久以前，有一对夫妇流落到此居住。这对夫妇发现此处客来人往，源源不断，便决定在这里以酿酒、磨豆腐为生。这对夫妇买卖公平，对顾客热情接待，服务周到，除了酿酒、磨豆腐外，还经常为南来北往的路客备好凉茶，提供方便。由此，深受当地百姓的称赞。可是，这两口子起早贪黑，终年劳累，一年到头累死累活也只够温饱，碰到灾荒年月，谷米、豆子无来源，酿不出米酒也磨不成豆腐，就陷入了困境，难以糊口。

有一天，突然不知从哪儿走来一个白胡子老头儿，进店喝酒，小两口如接待所有顾客一样，热情地给白胡子老人送上了一碗米酒，老人喝了两口酒后，啧啧地对男店主赞道："好酒、好酒哇！"男店主忧愁地说："客官，酒虽好，就是难解温饱哇。"白胡子老人听后疑惑地问："店家，你这话怎讲？"店主直言快语地说："去年大旱，今年又大涝，米价暴涨，而且很难买得到，我的酒店都快要关门了，没有酒卖，磨不了豆腐，我们今后的日子不知怎么过呀！"说着眼泪禁不住流了出来。白胡子老人听后微微点头，喝完酒后，他对店主说："看你们小两口做生意很诚实，我就助你们一臂之力，今后不用担心没酒卖。不过，你们两口子今后千万不可外露张扬。"说着，白胡子老人起身走近店旁的水井，从身上摸出 7 粒糯米抛入井中，然后飘然离去。小两口见状，茫然不知所措，不知白胡子老人葫芦里卖的是什么药。

第二天一大早，奇迹出现了，卖酒的店主从井里打水，舀起来的水弥漫着一股浓郁的酒香，店主一品尝，竟是醇醇的米酒。小两口高兴得手舞足蹈，欣喜若狂。这天上午，一些客人喝过酒店里的酒后，赞叹不已，酒客一传十，十传百，几天后酒店里的生意红红火火起来，门庭若市。从此，店主不需酿酒都有卖不完的酒，日子慢慢地好了起来，手头的积蓄也越来越多。过了好长一段时间，店主两口子在夜里悄悄商量：现在有了些本钱，不如清闲些，豆腐懒得磨了，原来猪栏里的猪也懒得养了。但是小两口又舍不得不喂猪，可是又哪来喂猪的下脚料呢？因此，小两口不由得既忧虑又懊悔起来。

又过了好长一段日子。一天，又不知从哪儿来了一个满头白发的老人，到这家酒店喝酒。白发老人边品尝边啧啧称赞店主的酒好、酒醇，并询问店主说："店家，看来你的生意很不错。"店主想起养不了猪的事，马上露出一副忧伤的样子，说："生意是好，可惜猪无糟吃，养不成猪，又少了一条赚钱的路子呀！"白发老人听完店主的话后，长叹一声，自言自语："天高地高，人心更高，井水变成酒，又嫌猪无糟。"店主听见后猛吃一惊！

　　一转眼，白发老人已经不知去向。原来白发老人就是前次来的白胡子老人，这次来时，连头发也白了，店主夫妇已不认得他。店主夫妇好生懊悔，一时心慌意乱，不知如何是好。

　　翌日一大早，店主再到水井去挑水，可是挑来的却是以前的泉水，井里再也没有酒味了。

　　酒店夫妇后来才得知这是仙人下凡，帮助他们渡过难关，救灾救民。这对夫妇醒悟时，已经太晚了。

　　此后，开店的夫妇不知去向，留下了一口清纯的水井。

　　从此，这口水井就叫"仙人井"。井里的水清澈甘甜。

　　若干年后，当地百姓的生活一直离不开这口水井，井水不涸不溢，福佑一方。

　　如今，"仙人井"成为当地的一个神奇的景观，久渡村村委会把"仙人井"建设成为新农村的一个亮眼景点，整修水井，修建休闲广场，这里成为南来北往一个诱人的风景社区，成为遂井省道上的风景线。

母亲的爱

我在乡镇文化站工作时，写过一篇关于母亲为老百姓做好事的小通讯，叫《招香送暖》，发表在了《井冈山报》上。此后，我就再也没有写过有关母亲的文章了。如今母亲78岁了，于是，我萌发了再写一写我的母亲的想法。写什么呢？写母亲生我养我育我的经历，或写母亲的艰辛和母爱，还是写我与母亲的拌嘴吵闹……总之，点点滴滴，许许多多，我都想写。

母亲出生在南江乡排村一个贫苦农民家庭。她叫康招香，家住南江河岸上的一个小山岗上。她没有兄弟姐妹，没有上过学堂，是一个纯朴的农家女子。18岁那年，她不甘做童养媳而嫁给了贫穷的父亲，与父亲同甘共苦，风雨同舟，艰苦奋斗，创造了连她自己也没有想到过的好日子。她时常说，感谢共产党，感谢毛主席。

母亲年轻时曾经担任过村妇女主任，被选为县、乡人大代表，乡妇女代表，出席过县、乡妇女代表大会，多次获得过县、乡"三八妇女能手""优秀妇女干部"称号，十几次荣获县、乡优秀接生员称号，我的家庭也多次获得"五好家庭"称号。这些荣誉来之不易，也令我们做儿女的感到无比光荣和骄傲，因为母亲是一个文盲啊，她能够取得如此令人瞩目的成绩，的确让人刮目相看。

母亲是平凡的，也是伟大的。母亲一生清苦，生儿育女，从来没有享受过一天清闲。她总是忙忙碌碌，终年劳累，却又乐此不疲。

母亲是坠落凡间的天使，是爱的使者，用她那无私、博大的爱，似山中清泉，似雨后甘露，滋润了儿女们的心。母亲的爱子之心是令我们姐弟难忘的。母亲有什么好吃的都不舍得吃，总是要给我们姐弟四人分享，家里有一只鸡或鸭什么的，哪怕路途再远，她都要打个包寄来。我们小时候，母亲总是吃不饱，把大米饭让给我们姐弟四人吃，自己吃杂粮、红薯充饥。有一次，父亲买了一点肉回家，吃饭时她看见我们姐弟四人"贪得无厌"的样子，刚夹进碗里的肉又不忍心自己吃，分给了我们姐弟四人。

母亲有一颗菩萨心肠，对人有一颗大爱慈善之心。她从18岁起干上了接生员职业，几十年来，接生1600余人。许多贫困的乡亲没有给任何报酬，她也乐意帮忙，她从来不向人家索取任何钱物，深得乡亲称赞。母亲的接生技术是一流的，方圆百里的乡亲们都愿意请母亲去接生，母亲为人处世细心周到，受人称赞，关爱别人就像关心自己的子女一样。因此，方圆百里的乡亲们对母亲也格外尊重……她也被县里乡里的卫生局、卫生所授予过十几次优秀接生员称号，母亲每当到乡里开会领回奖状时，就会乐呵呵地对子女说："我今年又得奖了，你们也要拿回奖啊。"那是母亲的成就感，那是母亲艰辛付出所获得的成功的喜悦。为此，母亲时常对我们说，你们读书也要拿回奖励呀。母亲就是那么用自己的行动来鼓励我们在外读书要努力，要争取好的成绩，成为有用的人才……在我们成长的20多年中，她总是以实际行动来鼓舞我们积极向上，奋发图强……

1994 年 3 月，我被招聘到了县公安局从事文秘、宣传工作，母亲高兴极了，我去报到那天，母亲送我到村口，千叮咛万嘱咐："到了单位要听领导的，要好好工作，不要乱用权，年年要拿奖回来……"此后，母亲隔三岔五就要打电话询问我的工作生活情况。到县公安局工作后，我很少回家，有时一两个月才回一次家，母亲总是牵挂着，每当许久没回家，母亲就会打电话来问何时能回家看看。每次回家，母亲都乐呵呵地杀鸡杀鸭，就像来了客人一样炒好菜，煮香饭，忙得不亦乐乎。我总是在美美地吃喝几餐后，又被母亲催促快回单位里去，工作要紧，不要恋家……母亲总是怕我工作不好，又怕我生活不好……

母亲爱唠叨，只要我们兄弟几个回到家，一有空她就讲她过去如何如何吃苦，稍有心情不快时，她就向我们讲述我们家的苦难历史，讲她几十年的艰难困苦。她不厌其烦地讲，我们不厌其烦地听，有时，母亲激动了，会说些漫无边际的事儿，我就阻止她说下去，可越是阻止她，她越是激动。母亲还非常固执，我们说她没理的事儿她坚持认为有理，就是不改变。有时，母亲说话时嘴像刀子，非常尖刻，她认定的事儿，不论谁说都没用，并且以死来对抗，这就是她一生无法改变的性格。但她是一个刀子嘴豆腐心的人，我无论如何与母亲争论、吵闹，她从来不放在心上，晚上睡觉之后，第二天起来又是有说有笑的了。有一年春节，大年初二日晚，大家吃过饭后坐在一起说话，母亲又唠叨开了，滔滔不绝地说起五百年前五百年后的陈谷子烂芝麻的事儿，说了一个多小时，我们兄弟几个没有搭话，她就无缘无故说起了我父亲对她怎么怎么不好，我们说了她几句不该说的话，然后她就生气了，我禁不住跟她拌上了嘴，说她无理取闹，她可上火了，冲我大发雷霆，我也不依不饶，最后，母亲一气之下叫我今后不要回这个家了！第二天早上，气得我真的骑摩托车去县城单位了。走时，天空中正好下大雨，母亲知道我要走，自己又不好说，就叫我妻子拦住我，不能让我走。我没听，坚持冒雨骑车去县城单位……那天，我感冒了。第二天，母亲知道我生病了，哭着打电话对我说："儿子，我不是故意说你的呀，你不要记恨妈呀……"我听着听着，泪水哗啦啦往下流，我忍不住哭着对母亲说："妈妈，是我不好，我错了……"

是呀，母亲是文盲，可我是有知识的人了呀，与妈妈较劲生气，多么不应该呀！妈妈，您一生受了这么多的苦，而我却让您生气，我真的很对不起您。我的自私、我的傲慢、我的任性伤害了您，而您，不管怎样，依然那么爱我！我的母亲，您是我这一生中最爱的人！儿子真的好懊恼自己以前种种的不是，希望您能原谅！

记忆让我在父亲的背上、母亲的怀中寻找珍贵的足迹。母爱是这个世界上最博大、最无私、最宝贵却又最不求索取和回报的爱。母亲的一言一行如和风细雨般潜移默化地影响着我。一首诗歌曾经说过："母亲，上帝用一根肋骨造就了你，你用爱和痛造就了整个世界！"

当母亲忍着巨大的痛苦把我带到这个世界上时，我用一声刺耳的哭声回报了母亲，从母亲的眼中可以读出快乐与欣慰；当母亲轻轻地哼着摇篮曲哄我入睡时，我用甜甜的微笑回报了母亲，从母亲的眼中可以读出幸福与关爱；当母亲第一次送我上学时，我用快乐的挥别回报了母亲，从母亲的眼中我读出了希望与期待；当母亲第一次拿着我的奖状时，我用快乐的微笑回报了母亲，从母亲的眼中我读出了欣喜与安慰；当母亲第一次送我们远行时，我默默地挥手回报了母亲，从母亲的眼中我读出了祝福与留恋。当我寻求自我独立，当我听习惯了母亲的唠叨时，我似乎忘记了这一路上是谁与我一起风雨兼程，一路走来的。我似乎忘记了多少次伤过母亲的心却还一笑而过。而母亲总是默默地承受，用她那最博大的胸怀包容着我们。在母亲的眼中，我们永远是长不大的孩子。对于我的母亲，我只能表示无限的敬意，因为母亲的爱是我用一辈子也回报不完的。当母亲把所有的希望与寄托都放在儿子的身上时，我们又能拿什么回报母亲呢？

如今，我50多岁了，母亲依然处处关心关爱着我，我生病了，母亲一天一个电话询问我的病情，听说要摘草药，母亲半夜三更都要起床去采药，要是时间久了，听说我的病没好转，她昼夜睡不着，偷偷地为我哭。母亲省吃俭用，把卖小菜积累下来的钱时常接济我，说我家人多负担重，小钱也有大用处，母亲总是那么体贴我、关心我，可是我总是为了自己的事而对母亲不闻不问，有时回家也只是吃一餐饭就走，没有好好陪伴母亲，有时回家去做点家务活，母亲就是不让我做，生怕会累坏我，母亲宁愿自己吃苦就是不让儿子吃亏。母亲70岁了，她依然上山砍柴，下田种地，洗衣做饭，一日三餐，忙得不亦乐乎。母亲的爱如山重，母亲的爱，我一辈子也还不起呀！

回首悠悠往事，突然感到母亲的一生是一种岁月，从绿地流向一方森林的岁月，从小溪流向浩瀚无边大海的岁月。

随着岁月的流逝，我看到一丝丝鱼尾纹悄悄刻在母亲的眼角，一缕缕白发爬上了母亲的鬓角。面对沧桑岁月留下的印痕，我却难以分辨出来，走过的究竟是岁月，还是我的母亲。我希望留下来的是刻骨铭心的母爱，也是点点滴滴、有血有肉的故事。

我在慢慢长大，当我认为肩头应该担起责任，当我似乎可以傲视人生时，蓦然回首，发现白发苍苍的母亲仍以一种充满无限怜爱、无限关怀、无限牵挂的目光从背后注视着我。在母亲的眼中，我永远是依偎在她怀中的幼稚的孩子，无论漂泊多远，我们一刻也未曾离开过母亲的牵念。

没有母亲，人间将失去许多温暖；没有母亲，生命将是漆黑一团。正是有了母亲，当我独步人生时，纵使千不顺心、万不如意，纵使痛苦铭心、哀怨缠身，我也会在艰难困苦中昂起头，挺起胸，面带微笑，从容地面对生活。母亲那满怀期待与渴盼的目光时时在我脑海中闪现，成为精神的寄托与拼搏的勇气。

母亲是一种岁月。每一缕白发，每一道皱纹，都象征着岁月的无情，记载着岁月的沧桑。终于，我们长大了，母亲也老了，可是母亲仍然在用她最后的火焰，向我们源源不断地传输着生命的力量。

母亲是一种岁月，值得我永远抛泪感恩的岁月。

生如夏花

闲话"人情"

《辞海》里的"人情"一词，是指农村婚丧喜庆时互相赠送的礼物。如今该解释似乎已不够确切了，因为在"人情"往来中，送礼物的现象日渐变化，多见的是金钱来往了。

中国的"人情"，大概是古已有之。偶读《史记》，在"萧相国世家"卷中记载，汉高祖刘邦为布衣时，萧何数以吏事护汉高祖，萧何为沛县主吏掾，当属当今的机关干部之类。高祖为亭长，常左右之。

高祖以吏繇咸阳，吏皆送奉钱三，何独以五，比别人多送了两成。后高祖称帝，大赏群臣，除正常论功赏封外，"乃益封何二千户，以帝尝繇咸阳时，何送我独赢钱二也"。细究之，就是汉高祖到咸阳服徭役，众人所送奉钱，大致也就是今日之所谓"人情"吧。而萧何因比他人多送了点，于是汉高祖投桃报李，多封了萧何二千户以报答，亦可叫作"人情"往来，厚薄分明了。刘邦其人，做事多无赖，但在人情问题上却从来不含糊。

从古到今，"人情"往来发生了急剧变化。近来，这种"人情"行情见涨，花样翻新，送礼的项目大增，不光婚丧嫁娶，从生到死，比如生子、生日、升学、升迁、考研、参军、退休、老死。从满月到周岁，但凡人生逢十的整生日，到人老去世，都是办事收"人情"礼数的由头。前不久有报载，说某地一村民因长期只送未进，为收回送出去的"人情"礼，竟想出了为自家老母猪下崽而"办喜事"的理由，大办宴请，成了前无古人后无来者的笑话，其"人情"之甚之苦，真是让人啼笑皆非。

"人情大似债，顶着锅子卖"，这"人情"在某些方面还真比债厉害。"人情一到，就把钱要。"有的人把钱看得特别重，故乐于办喜事，但凡有喜事就办就收，没事还要找个由头操办一下。尤其是农村风俗习惯众多，各种名目杂乱无章，有人五年搬了三次家，便也收他三回乔迁贺礼；儿子女儿结婚，从婚事到小孩子满月再到周岁、升学，一个也不肯落下，一年要办他三四次；这厢儿子才过了 10 岁，那边夫人又到了 40 岁，容不得别人稍歇口气。这种人情办酒席的目的，不言而喻。前些日子还听说过一个故事，有一个男子在 A 城市工作，突然接到通知说要调到 B 城市去工作，他想来想去什么事都没有挂念的，唯独一件事就是在 A 城市工作时随礼随掉了上万元钱，他想这一去好几百里路，到时还有谁记得他？想来想去划不来，为要回这笔人情款，他马上去找了一个临时女朋友，推迟了一个月去上班，然后发请柬，到一家酒店办了十几桌酒席……着实让人捧腹大笑。

不过，如果你实在不想去，对此也还有转圜的余地，那就是装聋作哑，佯为不知，待事情一过也就一了百了。有的人空手而去的——这年头谁会那么不识趣，去白蹭人家的饭吃呢？所以这请柬，简直就是一封催钱讨债的帖子！于是，收帖人也就只好备上礼金，送上钞票，去吃上一顿"议价饭"。虽然满腹不受用，但还要装出一副笑脸，挤出"恭贺、同喜"一类的话语。至于送"人情"者满肚子的"腹诽"或者"不屑"，那就不是办事者所管得了的了。

除了勤办酒席的一类人外，也有一些坚持自己的为人原则，绝不办事收"人情"礼的。不管什么事情发生，就是不办，不扰人家，所作所为硬是透出一股凛凛之气。不过，这类人坚持下来也殊为不易——总出不进，谁能有如此高尚的境界呢？

想想活在世上，还真不易，光这"人情"也就够咱们这类平常人家想一阵子的了。但再一细想，要真是一个"人情"也没有，那活得也难免少些滋味、缺点乐趣了。不管怎样，我总盼着什么时候这"人情"也能回归它的本来面目，以情为重，以钱为轻，真正变成人与人之间和睦相处，增进友情的"润滑剂"。

亲情之伤

金钱是有限的，而亲情是无价的，但是许多人因金钱而失去了亲情，甚至有的人本来是骨肉亲情却因金钱而成为陌生人或敌人。在现实生活中，我目睹了一起起为金钱而反目的事件，他们曾是同事、朋友、兄弟、姐妹、叔伯、父母，我为他们感到悲哀，也为他们感到惋惜。当然，有许多亲情是令人回味无穷的、高尚的、壮丽的、可歌可泣的，但在这里，我仅说的是亲情的悲伤。

一天上午，我正在写公文，突然，办公室闯进一个中年妇女，脸色阴沉，但她出于礼节，还是小心翼翼地问道："请问，由某某在吗？"我回答："他刚才还在这儿呢，这会儿出去办事了，你就在这儿等他吧。"接着，我又问了她是由某某的什么人，找他有什么事，要不要帮忙。她说，由某某是她的亲戚，没多大的事。于是，我招呼她在同事由某某的办公桌前的椅子上坐下，她说不坐了，站一站就行。大约等了40分钟，中年妇女等不及了，就对我说："你能不能打个电话叫他快点回来，我有急事，叫他快点过来。"考虑到是同事的亲戚，我立即打电话呼叫同事赶紧回办公室，说有人找。3分钟后，同事回到办公室，可当他一脚踏进办公室的门时，那中年妇女就高声拉开了嗓子："哥，你这个当老大的也看不起我这个没钱的妹子，与大嫂同穿一条裤子，来欺负我，我今天来向你讨个说法，你说你这样做为的啥？"我一下子感到气氛不对，中年妇女为什么火气那么大，气势汹汹的？她是同事的妹妹呢，竟然不顾一切向哥哥兴师问罪来了。同事的办公桌在前面，我的办公桌在后面，既然他们是亲兄妹争吵，我没有必要介入，只好待在后面充耳不闻。可是，随着他们的吵闹争执，我被他打断了工作思绪……他们兄妹俩争执了20多分钟，我终于弄明白了缘故。原来，妹妹出嫁之前与嫂子因家庭用钱多少而发生纠葛，因此姑嫂双方记恨在心，妹妹出嫁后，嫂子一直与妹子过不去，妹子也不是好惹的主，一直闹成了吵架打骂，互不相让，七八年来不仅没有停止"战争"，反而愈演愈烈，谁是谁非大哥心知肚明，可他充耳不闻，有时还对妹妹横加指责，显然有点过分。如此不公，做妹子的自然不甘罢休，为此上门来讨个说法，这也是常理。然而，令我没想到的是，争执半个钟头后，只听见那中年妇女气呼呼地说了一句："你今后也不是我大哥了，你自私、偏心，你这个大哥在我心里死了！我也不是你妹子了，咱们今后井水不犯河水！"临走时，那中年妇女厉声说道："我警告你，从现在起，有谁再惹我，我就杀了谁！"果然，几天后，听说同事的妻子再一次惹了他的妹子，妹子持刀将嫂子刺成重伤，亲人变冤家，妹子最终成为阶下囚……悲！

　　前年秋天，老家一个远房亲戚的儿子在广东打工发生意外死亡，死者家属哭泣着找到我，要我帮他们去索赔，看见他们悲惨的情形，我放下手头的工作，请了假远赴广东省揭阳市为他们索赔。费尽周折，好不容易为死者家属争得一笔赔偿款。可是，赔偿款到账后，死者的父母、兄弟姐妹为分得这笔赔偿金却争得你死我活，互不相让，最后不得已闹上了法庭，由法院判决，他们各自想得到的钱得到了，可是亲情撕碎了，更令人没能料到的是死者的妻子为了争得一笔几万元赔偿款断了母子亲情，从此永不相见，而家里有兄弟姐妹从此再也不相往来，一家人变成陌生的过客。亲情，竟然如此悲哀！类似的伤心例子举不胜举，令人可叹可悲。

金钱，难道真的是那么重要吗？金钱难道真的比亲情更值钱？我对金钱说：不！亲情是无价的，亲情比任何金钱都珍贵，淡薄亲情的人只是少数人而已，那些把金钱看得比命还贵重的人只能说是目光短浅、见利忘义，其道德水准、人生态度，也就是说其"三观"都需要矫正了。

亲情，应是无价的！

善处是非

　　人生在世，生活在平凡的日子里，难免出现是是非非，或陷入不是不非亦是亦非的无奈之中，或卷入"跳进黄河也洗不清"的尴尬之中。如果面对是非缺乏理智态度，则势必搞得身累神疲、窝火憋气、生趣全无，活得颇烦、没劲，非但于事无补，而且最易伤神！要是一时想不开，急火攻心或心理失调，或弄出什么毛病，再整出什么事来，那就更不划算了。

　　如"是非"缠身怎么办？鄙人认为：其一，如果不涉及原则性问题，只是工作或生活上的小是小非，则不妨大度处之，多些宽容之心。史载，宋代曾在两朝三次担任宰相的吕蒙正，在他刚任宰相一次上朝时，有一位官员在帘子后面指着他阴阳怪气地对别人说："这个无名小子也能当宰相吗？呸！"那种轻视、恶意中伤的口气，令人生气。可是吕蒙正听见了却装没听见，从从容容走了过去。散朝后，朝廷的一些官员却为他愤愤不平，要求追查是谁敢如此放肆无礼。而吕蒙正却不让追查，并说，还是不知道此人是谁为好，因为"若一知其姓名，则终身不能复忘，故不如毋知也"。看来，吕蒙正是一位聪明人，该糊涂时须糊涂，不仅赢得雅量美名，而且省了终生烦恼，"没有是非"，何乐而不为呢？其二，不听闲是闲非。现实生活中，有的人专喜好张三长李四短地搬弄是非。对这类人，我的经验是两个字：不听！大凡来说是非者，往往便是非人。不听，对方少了一块市场不说，我也乐得耳根清净，魂安气闲，不至于好心情遭破坏，好端端的日子被搞得乱七八糟。其三，当然，"不听"政策也有时失灵，生活中有些是非，便是要面对是非，首先是不怕，继而则应持积极谨慎的态度，区别不同性质，妥善解决罢了。我想，只要抱着与人为善宽让和谐之心，那些非原则性的一般是非及误会等，都可以化解澄清的。万一不幸遇上不明事理或蛮不讲理的主儿，应该快刀斩乱麻，以除后患。老实说，人都是有脾气的，"当怒则怒，该争就争"，也是人性很正常的事，倒是忍气吞声，一味委屈自己，对身体伤害极大，也在客观上助长了恶人的凶焰。怒也罢，争也罢，亦须有理有节，并必须"依法行事"才是。

诚然，心胸大者不一定能长寿，但欲长寿者却不能没有一定气量。问问我们身边的那些长寿老人，大都少不了这条养生之道吧。为此，鄙人认为，善处"是非"，心比天高，以宽容博大，为人友善的心态去看待、处理"是非"，将给你带来许多愉悦的心情。做一个没有烦恼、没有恩怨的凡人，是世人祈求的心愿！

遇事想得开

人生在世，要一帆风顺、万事如意大概是不可能的，生活中总是难免会遇到困难、挫折、失意和不幸。身处逆境并不可怕，可怕的是长时间的负面情绪和困扰，使人沮丧、抑郁、颓废、退缩，轻者百病丛生，严重还会悲观厌世。

这就要求我们遇上不顺心的事要想得开。

学会安慰自己，遇事要想得开，能使人从困境中得以解脱，叫人活得轻松，有滋有味。英国诗人弥尔顿在《失乐园》中说得好："我们的思想能把天堂变地狱，把地狱变天堂。"人的想法不同，看问题的角度各异，凡是想不开的人，看问题总是看阴暗面，芝麻大的事看得比磨坊还大，总是被压得喘不过气来。而遇事想得开的人处事应变自如，自信没有攀不过的高山，更没有涉不过的大河，失意时更加要振作，痛苦时寻找欢愉。

遇事想得开，就要善于朝前看，朝好处想，不要被眼前的悲伤和失意所缠绕，不要总是自咎、悔恨和叹息，不要把有限的精力都用在使自己失望的事情上，而应该相信明天一定会更美好。从每一件事、每一言行中去规范自己，去诱导他人，那么，一个人的精神状态就大不相同了。

遇事想得开，就是要淡薄为怀，知足常乐。人的欲望不可太强，对任何事情，任何企求期望不宜过高，凡事要适可而止，量力而行，如果对自己缺乏正确的估价，把预期的目标定得太高，结果往往会事与愿违，期望值越高，失望率很可能也越大，知足者方能常乐。

遇事想得开，就要以人之长比己之短，以己之优比人之劣，在遇到困难挫折时，应看到自己的短处，明白自己的不足，心悦诚服地接受这个事实，不应一味地钻牛角尖。俗话说，比上不足，比下有余，是要客观地看问题，总可以找到自己处于优势的方面，聊以自慰。

遇事想得开，在遇到不顺心的事时，要懂得"退一步想"，俗话说："退一步海阔天空。"当你不小心把一个心爱的玻璃杯打碎了，你可不要惋惜玻璃杯被毁，而应庆幸自己没有被割伤，退一步想，如果自己割伤了岂不更糟？凡事若仔细想想，事既已成，无可挽回，与其纠缠于忧虑、烦恼之中，还不如进行自我安慰，尽早从烦闷中解脱出来，这样，才能生活在平安的日子里；这样，才能有所长进，搏击长空。

智愚之间

　　人有智愚之分，表现各不相同。根据人的天资和外在表现，我认为可大体将人分为四类：第一类是天资聪明而又比较外露的人。因为聪明，总能在某一领域取得一定的成就，又因其聪明都写在脸上，容易引起别人的戒心或忌妒，反而难以得到别人的帮助，成就终究有限。第二类是智商平平且外表憨厚的人。这类人大部分都知道自己的分量，甘于平淡，过着普通人的日子。但这样的人不惹人反感，有时因为忠厚反而得到好的人缘，又因为没有过多心眼、没有太大欲望，幸福感往往是最高的。第三类人内心绝顶聪明，脸上不动声色。常言"智勇深沉""喜怒不形于色"等，说的就是这种人。可以说，这是成就大事的必备素质。第四类是脑子其实糊涂，看上去却很聪明的人，就像群英会里的蒋干一样。蒋干自以为聪明，被周瑜耍猴而始终不悟，其愚可知，但也难为他勇气可嘉，让人感到多少还有些可爱。这种类型的人少有天资差的，而是由原本很聪明的人转变而来的。

　　我的伙计老魏有个同学，头脑灵活，也很有个性，从前和同学相处得很好。去年提拔到某个小部门当领导后，在和同学们聚会的时候，渐渐地变得很严肃，总喜欢做沉思状，不轻易和人说话，一副想大事、干大事的气势。

谁若敷衍问一句"最近忙不忙"，那大家就有罪受了，就不得不从他的远景规划、领导艺术、工作成绩到自己与上级领导的深层关系、领导生活趣事、人事变动内幕等，一路"被听"下去，差不多已经制造出了那种"令人肃然起敬，感到老同学之间有层次了"的效果。大家看似认真聆听，心里其实觉得无聊，他自己浑然不觉，就像蒋干一样。从根本上说，这是虚荣心把一个聪明人变笨了。

不光普通人如此，具有大智慧、大才能的人，如果欲望过度，也能干出傻事。袁世凯其人若论才能，在当时的中国数一数二，当上总统后又要坐龙椅、当皇帝，开历史倒车，招来一片讨伐之声，闹得急火攻心，一死了之。

其实，当了皇帝又想成仙，秦皇汉武也是如此，人的欲望永无止境，这也不足为奇，是膨胀的权力欲把聪明人变糊涂了。近几年来贪腐"人才辈出"，一个比一个触目惊心，这里不再赘述。这些人开始能在事业上取得一定的成功，必定有过人的能力，后来失去自由甚至生命，就是因为对权、钱、色的追求太强烈了，搞得"利欲熏心""权欲熏心""色胆包天"。想想很有道理。

钱，因其具有一般等价物的职能，拥有它，就会有物质生活的丰富，就会有衣食住行的方便，甚至会获得社会地位的提高、异性的青睐……为此，人们对钱都是恩爱有加，都想拥有更多的它，都想长期拥有大量的它，就连神仙也不能超脱。

然而，任何时候获得金钱都是有规则的，就如人们常说的"君子爱财，取之有道"。也就是说，不能为了钱巧取豪夺、尔虞我诈、丧心病狂，否则将因其所累、寝食不安，甚至带来牢狱之灾、杀身之祸。现实中，无数活生生的事例给予了说明。钱如此，仕途如此，名利如此，权利、欲望等亦如此。

人的一生所求非常之多，名利、地位、爱情、子女……有的人为了仕途，甚至不择手段；为了牟取私利，丧心病狂；为了儿女情长，忘乎所以。而一旦招来牢狱之灾、杀身之祸或撒手而去，对他来说一切皆不存在；到头来都是一场空，"古今将相今何在，荒冢一堆草没了""金钱生时只恨聚无多，待到多时眼闭了"。

只要把这些都想开了，对于党员领导干部来说，廉洁从政的规则自然会执行得好。党员领导干部廉洁从政无外乎用好自己手中的权力，不以权谋私，不为亲属、子女谋求非正当利益。这些本应当是做人的最起码要求，然而有的领导干部不能正确把握好自己，失去了做人的最基本水准，以致坠入违纪、违法、犯罪的深渊。

人生如棋，一着不慎，满盘皆输。作为一名党员领导干部，应该时刻注意自己的言行举止，筑牢思想道德防线，这样才能坦坦荡荡做人，清清白白干事，堂堂正正为官，真正做一个清正廉洁的人民公仆。

知足与不知足

人在什么时候应该知足、知不足与不知足？

正确的答案应该是：做人要知足，做事要知不足，做学问要永不知足。

《醒世恒言》中有个故事：录事薛某，一日在高烧睡梦中梦见自己化为鲤鱼跃入湖中，遇一老者垂钓，但终因难耐钩上之饵的诱惑，张嘴咬钩，遂成老者钩上之物。冯梦龙点评说：薛录事被钓皆因"眼里识得破，肚里忍不过"，贪婪所致。

《菜根谭》的作者洪应明也曾说："贪得者虽富亦贫，知足者虽贫亦富。"意思就是说贪得的人，身上富有了，但内心却一贫如洗；知足的人，身上虽然贫穷，但内心却很知足。作者还说："人只一念贪私，便销刚为柔，塞智为昏，变恩为惨，染洁为污，坏了一生人品。故古人以不贪为宝，所以度越一世。"

所以，做人首先要知足。

为人处世，超越自我，前提是"知不足"。我们常常说，人无完人，意指人总要受到各种局限，有主体自身方面的，有客观条件方面的，有历史文化方面的，有社会时代方面的，在这种种局限面前唯一正确的态度是"知不足"。

"知足"难，"知不足"更难。

既要勇于知不足，又要善于知不足。"知不足"，是以全面认识自我为前提的。现实中的人们总是自觉不自觉地用自己的长处，比他人的短处；用自身的优势，比他人的不足。肯定自己、表扬自己容易，否定自己、批评自己则难，全面认识自己更难。不能全面认识自我，就难以做到"知不足"，就会陶然于"自我中心化"的思维方式中，给自我铸就故步自封的"外壳"。要知己不足，必下功夫，冷静、全面、客观地分析自我、研究自我。"知不足"，就会有求发展、求进步、求完善的内在动力。只有"知不足"，才有可能真正超越自我，实现进步、发展。因为，只有"知不足"，才能准确地发现自己的弱点、不足、缺点、错误是什么，根源是什么，才能主动寻求超越自我的理想目标，找准自我发展的参照系，才能突破自我狭隘的眼界，把自己提升到一个更高的层次。

"吾生也有涯，而知也无涯。"从这个角度来看，做学问当然要"不知足"！这个"不知足"的道理似乎用不着多说了。

人生如风

　　微风吹过，飘远而逝。面对着这悠扬洒脱的风，我听到的是老聃的"清静微妙，守玄抱一"回音；感受到的是庄周的"洞达而放逸"；领悟到的是太白的"俱怀逸兴壮思飞，欲上青天揽明月"的心境。

　　柔风轻拂，徐徐缭绕。直面这静谧谐和的风，体会到的是陶渊明的"采菊东篱下，悠然见南山"；品味到的是孟浩然的"北山白云里，隐者自怡悦"；领略到的是摩诘的"行到水穷处，坐看云起时"。风的恬然怡悦，是它绵延千古的气魄。

　　人生如风，即使卷过千尘万土，仍旧是清水一潭，晶莹剔透。而名声紧紧地跟在风后，千折百洞，仍屹立不倒。

　　疾风狂驰，横扫天地。正视这狂放不羁的风，带给我的是孟德的"老骥伏枥，志在千里"；感悟到的是子瞻的"一点浩然气，千里快哉风"；熏染我的是稼轩的"了却君王天下事，赢得生前身后名"。

　　人生如风，轻轻拂面，却在心中吹起飞沙走石，留下了深深的敬仰，让名声在无形中崛起。

　　风的清新绮丽，宁静微澜，风的浩然之势——听着风，我们听到的不只是风声呼啸，而是不朽才华；看着风，我们看到的不只是风吹草动，还有万千思绪。风成为古典文学现象中闪亮一点，文人墨客用他们独特的才华缔造出生命的真谛，缔造出诗情画意。那些拥有如风的气节的人，那比风更广更宽的文化积淀，值得我们传承并发扬光大。那些如骨一般的诗风，永远冲向自己的理想桃花源，不屑于那些曾经由自己留下的产物——名声。

韩柳的"古文运动"的风潮，提倡"文本于道，词必己出"，有力地打击了风靡 300 年的骈俪文风的桎梏，他们从不害怕声名的狼藉。他们犹如一股清新秀丽之风，荡涤矫揉造作的范式的窠臼，拂出一片属于他们自己的文学殿堂。只是因为如风的才能，奠定了唐文化的辉煌古今，天地为之昭苏，熠熠生辉，光华灼灼。

人生如风，渗透在历史文明前行的每一寸土地，名声想被风带走，却又偏偏被风给留下了。诗风如骨，而我们应看清方向，不要被风过后的混沌迷失方向，乘着正义之风、有为之风永远向前。

流泪记

我是一名业余新闻记者，从事过许多新闻采访，当目睹一些悲痛不堪时会不禁流泪。流泪的情形有四种：第一种是同情的泪，第二种是伤心的泪，第三种是感动的泪，第四种是委屈的泪。而我流的最多的是同情的泪，有时对特别感人的事会流感动的眼泪，有时也会流伤心的泪，但从来不流委屈的泪。有几次同情的泪我无法忘记，第一次是一位老太太说她女儿在外打工受伤，造成终身残疾而无处申冤，为此连累家人几乎家破人亡，我采访之后，为她们的痛苦和遭遇而流下了同情的眼泪。第二次是前年秋，在广东打工的三位老乡被锅炉铁水烧伤，造成生不如死的那种痛苦的惨状，他们的妻儿老母的声泪控诉，让我流下了同情的泪水。因此，我决心帮助他们，通过请律师找媒体，多方努力，终于为他们伸张了正义，为他们讨还了公道。第三次是一位80多岁的老太太丧夫失儿，儿媳妇离家出走，留下了两个小孙子苦命相依，生活举步维艰，老太太的苦难求助之泪水也打动了我，我流下了眼泪，之后，我通过写报道，穿针引线，老太太一家三口得到了社会上许多好心人的救助，老太太走出了困境。

在公安机关工作28年，我为失去好领导好同事而流过5次眼泪，他们是我身边活生生的副局长、派出所所长、科长、看守所教导员、中队长。他们都是因病英年早逝，战友之间的生离死别，他们亲人之间的阴阳两隔，痛心疾首的呼喊……这些都使我在起草他们的追悼词时，流下了伤心的泪；最让我感动的泪是一次母亲为了我治病而深夜上山采药，几天几夜不顾自己的身体四处奔波求医，望着白发苍苍的老母亲，我流泪了……迈过40岁，我痛失儿子，哭得昏天黑地，悲痛欲绝……

有人说笑比哭好，可我不然。笑，有开心、爽朗之笑，也有阴险狡诈之笑、皮笑肉不笑，而哭却是真诚的、发自内心的，没有人无缘无故而哭，更没有人随时随地而哭。哭，能让人发泄内心的郁闷；哭，能让人打开苦恼的精神枷锁。大概"雨过天晴""否极泰来"也就是这么一种意思吧。

风起风落之间

　　走过了夏的热烈，秋的遐想，冬的沉默，就是春的更新。一直以为"事如春梦了无痕"，但过去的懵懂却像一颗颗星星颤抖在心头——难忘当初痴痴地勾勒着熟悉又陌生的面孔，难忘当初打量梦想与现实交接点时那一颗驿动的心，难忘阳光下如花的微笑，难忘青春湖里泛起的层层涟漪……难忘这风起风落之间，有关青春的点滴记忆与成长的印痕。

　　曾几何时，时光仿佛就停留在山里的某一个村落。起风了，在这仍然闷热的秋日里，即使是细微的风也给小草带来珍贵的凉爽。此时此刻的训练场上，仿佛又浮现一个个生龙活虎的身影，勾勒出青春无限美好的风景线，又是一阵炽热的激动。

　　叶子黄了又青，青了又黄；花儿谢了又开，开了又谢。试问冥冥之中到底经历过多少个轮回？然而人生却没有回转的余地，过去的一切都将成为永恒的画面。如果我可以再一次单纯，我宁愿自己还是一个懵懂男孩，还依旧飘摇在无尽遐想里……

　　青春的舞台，演绎着一幕幕五彩缤纷的短剧。笑声与泪水的交替，每一次都是段不朽的记忆。如果人生可以重来，我愿永远保有那一份纯真与自信，过去梦一般的生活也将为今天增添更多的精彩。

风将息未息，迎来又一个不一样的春天。寒冷的冬季已让我渐渐走出稚嫩，不再依赖温暖的怀抱，开始着眼于那片广阔的蓝天。梦想与现实不再有相同的轮廓，此时我已清晰发现，它们之间相隔着万水千山……

风起风落之间，我们已经不经意地成熟了，我不再拒绝乌云中无奈的寂寞，也不再幻想那虚有的无瑕与瑰丽……

遥想风起之时，曾把我轻于鸿毛的心飘到了梦幻一般的高度；风落之际，乍意识到自己真实而沉重的存在。抬头是深邃的天空，放眼是辽阔的大地，青春之路有了鲜花就少不了荆棘。我必须学着玫瑰的铿锵，去寻觅我向往的朝阳。待风再一次舞起，就不再是虚无缥缈的幻想，而是现实的成功或者失败。

踏上了追梦的旅程，我的眼眸里已然少了许多的幻想与迷茫，脚步里也已然多了几分成熟的坚定与实在。人生是一个短短的音符，我们都没有理由在梦幻中停止脚步！

生如夏花

人的生命只有一次，但人的生命犹如一朵绽放的鲜花。

泰戈尔的诗句"生如夏花之绚烂，死如秋叶之静美"成为许多人自我激励的座右铭。那些旺盛地开在原野上不知名的成片野花，长在悬崖峭壁上倔强的零星无名花，种在花园里的富贵牡丹，生长在坑塘河湖里的荷花，深山峡谷中高贵的幽兰，还有笑傲风雪的梅花，不论是在肥沃的花园里，还是在陡峭恶劣的悬崖上；不论是能够得到人们的精心浇灌，还是要靠自己艰难地寻找土壤，它们都坚强地生长绽放，开出自己的艳丽，长成自己美丽的风景！

这就是花朵的品格！没有资格选择自己的出生地，没有能力选择自己的品种，但只要是花，不论生在哪里，就要努力开放。

也许，她开得不够艳丽，也许开得十分孤独，也许永远都见不了前来赏花的行人，只有在客厅得到人们的欣赏，但是只要她开放了，她就是美丽的花，而不是芜乱的杂草。只要她绽放过，她就留下了自己美丽的身影，她就在世界上留下过沁人心脾的芳香。

125

　　我欣赏过无数花园里的花，也见过许多稀有名贵的花，更见过无数原野上大片大片的野菜花，但是我更敬重开在悬崖峭壁上，生长在恶劣环境中的无名花。那些花弱小孤独却准时开放，独自享受着自己的季节。

　　我们的生命就如同这些烂漫的花朵，无法选择出身，无法挑选出生的时机，但是我们却可以选择坚强，可以选择努力，可以通过努力向世界证明自己来过，留下自己的痕迹，可以让自己像花朵一样绽放。

　　我们的作家中像王蒙一样有才华的人是少有的，他21岁就完成了轰动文坛的长篇小说《青春万岁》。还有一个是乡土作家的代表人物刘绍棠，他还在读初中的时候，短篇小说《青枝绿叶》就被选入了高中语文课本。他们少年成名，最后都成为著名的作家。他们是生长在肥沃的花园里的富贵花，命运给了他们天才少年的质地，他们没有辜负命运的恩惠，开出了艳丽的花朵。

　　具有这样天才福分的人是极少的，但是并不是没有这样的天才就不能成功。在近百年的中国文学史上，有无数的作家资质一般与普通人无异，他们最后靠自己艰苦的努力同样取得了伟大的成就。他们是生长在贫瘠土壤中的苦菜花，他们依然在自己的季节里盛开，在这个美丽的世界上散发了属于自己的一缕芳香。

　　即便我们没有成为世人皆知的人物，我们只是生活中一个普通的劳动者、一个菜农、一个油郎、一个三轮车夫、一个建筑工，我们同样可以实现自己应有的价值，为社会贡献自己一份微薄的力量，就像山沟、路边的小黄花，没有人知道它们的名字，但它们却让大自然因此充满温馨浪漫与生机。

无法选择自己，但是可以选择生活，只要我们不怨天尤人、不自暴自弃，能够像花朵一样努力开放，我们就不会被平庸的土壤埋没，就不会辜负做人的尊严和权利。

生命的浪花

生命如烛

夜，漆黑一片，无情的冬雨肆意地泼洒着寒冷。我瑟缩着加快脚步奔向家门，渴望着家里那让人温暖的电烤炉。当我打开房门习惯性地去按开关时，那令人向往的光明却毫不理会我的迟疑，无边的黑暗将我包围。

天哪，如此的寒冬腊月，居然停电！一股透心的凉顷刻间蔓延全身，让我不由得打了一个寒战。借手机的亮光用打火机点燃了蜡烛，那一点烛光在黑夜里跳跃，火光虽然微弱，却屏退了黑暗，让人感到一阵温暖。时间尚早，于是拿条小被子盖在身上，在黑夜里守着那支烛火静坐遐思。

"春蚕到死丝方尽，蜡炬成灰泪始干。"蜡烛外表虽然平凡渺小，却是那么高尚伟大。它毫无保留地燃烧自己，给人们带来光明。望着烛泪盈满了眼眶，悄然滴落，不由得惊叹人的生命竟与蜡烛如此相似。蜡烛燃起的那一刻，便是我们生命的开始，渐燃渐短，烛尽人归！时光飞逝，如白驹过隙般，在不知不觉中，生命便一截一截地缩短。袅烟一缕，风吹即散，生命如烛，寸寸燃尽。几十年的春夏秋冬，便在了无声息中默默地燃烧。生命中那些未曾把握住的章章节节、段段落落，在一泻千里的日子里，有时甚至来不及好好把握，日子便呼啸而过。于是人们感叹：爱惜生命！珍惜时光！

雨声潇潇，只有晚归的人驾车经过，激起水花飞溅的声音。生命中的过往，在灵动的思绪里交错出现，伴随着一些与之有关的记忆。一路走来，多少往事在岁月中渐渐沉淀。有些往事会拨弄你的心弦，使你潸然泪下；有些往事会涤净你的心灵，使你备感温馨；有些往事会散发一阵幽香，让你停下脚步细细品味；有些往事会消散在记忆中，随风而逝；每当我们驻足回首，它们便依次浮出水面，变得似乎唾手可得，而当你真的伸出手来想拾起其中某一件时，它又如雾里看花、水中望月般缥缈起来……

蜡烛又短了一截，烛泪顺着脸颊滑落，烛泪点点滴滴为何情？忽闪的幽幽火苗里是否蕴藏着烛的喜怒哀乐？蜡烛的舞台在一个小小的烛台上，而人生是个大舞台，每个人都在这部大戏中扮演着自己的角色，没有银幕却有着很多很多的故事；没有导演却演绎了人间的千姿百态。每个人既是主角，也是配角，还是看客。

人生如戏！戏演完了，人生也就结束了。戏里反映人生，人生映射于戏中。人世间的纷繁复杂，谁又能悟得透、看得清？人生几十年，风风雨雨，苦辣酸甜，尽在其中，许多事儿都如过眼云烟，镜花水月。生命如烛！生命对于任何个体来讲都只是一个过程，所有的生命来到这个世界上都只是过客。烛的生命浓缩了人的一生！

人生如戏！人们都在努力完成自己的使命。这部戏没有固定的剧本，没有准确的台词，只有自己随着人生每一步的变化而变化，用一生的心血写下自己平凡或不平凡的故事，或喜或悲，或伟大或渺小。这部戏有高潮迭起的掌声响起，也有平平淡淡的心静如水；有锲而不舍的苦苦追求，也有闲庭信步的飘逸潇洒。

　　生命如烛！蜡烛的一生虽然短暂却无私地献出了自己的光和热，我们更应该珍惜有限的生命，活出无限的精彩。

　　生命如烛！让我们一起唱响生命奏鸣曲，把生命的光亮，奉献给社会、奉献给爱你的与你爱的亲人和朋友。

蝴蝶飞飞

这个冬天，许多个夜长梦多。说来也奇怪，有几次做梦都梦见一只白色的蝴蝶，现在想来想去总觉得有些拾人牙慧，但梦中没有庄子遇到的那种逍遥自在的境遇，而是那只白色的蝴蝶从废墟上飘飘然地飞过……

梦中与醒来的我非常糊涂：是不是自己变成了蝴蝶，还是蝴蝶变成了自己？或者说自己站在旁边看蝴蝶起舞……

蝴蝶生命短暂，但那一生一世的绝艳总让人倾心。正如梦一般地缥缈，只是醒来发现梦并没有气味，也没有形状，一切皆为枉然，真如肥皂泡沫来去的瞬间。

我常把人的精神和现实当成两只蝴蝶：精神世界的这只蝴蝶追求的是一种嫣然至极的境界，在虚幻中将孤独、无奈玩赏与升华，有些时候像庄子散文中的一种鸟，"非清泉不饮，非梧桐不栖"，有些时候恰似《金刚经》中的话"修一切善法，则得阿耨多罗三藐三菩提"，以出世之心种下一棵菩提……总觉得东方的这些思想是浪漫与虚伪的，在精神里是可以任意地奢靡与逍遥的，但由于精神与现实的矛盾，人的精神必须是纯洁而高尚的，因此在现实精神世界里的这只蝴蝶注定是要被完美地尘封起来的。由于现实世界中的这只蝴蝶的寂寞和孤芳自赏，它越想靠近精神世界里的那只蝴蝶，它就越显得落寞。当现实世界里的这只蝴蝶一旦随波逐流，说不准什么时候死在枯枝败叶上，让破旧面对腐烂……所以现实世界里的这只蝴蝶注定是肮脏、委屈又愤怒却谈不上残艳的……

入世之人怀出世之心，或者出世之心为入世之事，总觉得几多烦乱、几多澄清、几多豁达。有人说：心善是菩提，心恶是夜叉。我笑笑，其实宗教在最初，也只是对未来美好的向往和对现实思想的逃避罢了，如不动的境界里更多时候只是淡淡一说，而人心亦不是自己能够轻易控制的。

有时想起夫子的一句话"逝者如斯夫！不舍昼夜"。而亚里士多德也说"濯足清流，抽足再入，已非前水"，要逝去的留不下，要奔向前的也挡不住……

都说"人生如梦"，说到这个总会想到庄周，"庄周蝶梦还是蝶梦庄周"，总觉得它穷尽了自然造化和自由人生的真谛，所以后人总是以庄周化蝶作为实现人身自由的典范。可事实上梦是留不住任何血肉充盈的东西的，正如陈造的诗："蝶梦蘧蘧才一霎，邻鸡啼罢又啼鸦"，想想有些可笑。

也有人说守住梦的人就是守住生命的人，这让我想到孔子的哀叹："吾久不梦见周公矣，殆乎吾将死也！"几个月后果然死了。

可是现实生活中我们毕竟是凡骨尘心，不能像圣人孔子那样把个人的世界放得无限大，也不能附庸风雅地站在庄周身边看着那只蝴蝶飞来飞去。

岁月的情网

十指轻捻，敲出一行云淡风轻的心语；隔屏相望，传递一份恬淡动人的情怀。如水的眼眸，洞穿一池春水，荡漾起脉脉的情思；淡然的美丽，开出一朵雅洁馨香的小花，摇曳着在心间溢满清香。

遥望远方的风景，心随夜色浅浅思量。总有一种情怀，在不经意间揉碎百转千回的心绪，弥漫在眺望的窗前。

脱去疲惫的外衣，抛弃现实生活中的浮尘，置身于一方荧屏，漫游于另一方世界，寻找一片心灵休憩之境地，那是梦想的圣地。

键盘敲击出的相逢，涌动着无限的遐思。网之遥遥，妙在距离的朦胧。留一点距离，产生了美感；留一点朦胧，不会看到瑕疵；留一些想象空间，让彼此更加完美。网络空间，心由情领，看人情风俗，读心灵文字，交知心朋友，赏隔屏风景。

一方小小屏幕后面，有着我牵挂的、熟悉的、陌生的朋友。他们都是一道道或远或近或深或浅的风景。有的如清澈小溪明净柔和；有的如高山流水，一见如故；有的似和煦清风，不经意间吹开你的心扉直达心灵；有的似辽阔大海，让你只想依偎在它宽广的怀抱吐露细细密密的如莲心事……卞之琳的《断章》似乎能将网络上隔屏相望的境界阐述。当我在网络上游走观赏风景时，是否我也成了别人眼里的风景？谁的风情装饰了我的窗，我又入了谁的梦？用眼睛去看，用耳朵去听，用心灵去触摸，你会发现俊秀风景无处不在！就如此刻，我在静静地读你、欣赏你，你感觉到了吗？

不同个性、不同气质、不同人格魅力的人，呈现的是不同的修养、不同的内涵、不同的景致。有的深沉含蓄，有的浪漫柔情，有的活泼明快，有的沉默忧郁……当你用一颗平常心去认识、结交一个人时，便没有了一些私情杂念，便可以自由坦诚地交往，心也会随之一点点地交融，真正的朋友便会在你欣赏的眼光中向你走来！

喜欢网络上那份真挚真切的友情。常常会为一句话、一段文字、一声问候感动。喜欢收藏这些感动时刻，也特别珍惜让我感动的每个人。在这段路上，他们是我此时的风景，是我心头的温暖。不知道它会亮丽多久，但我知道这个时刻它是美丽的！

有多少人曾在我的心底驻足停留，留下无法磨灭的印记；有多少人如烟云过客，匆匆掠过便消失得无影无踪；有多少人在我耳边呢喃细语，如缕缕春风吹来阵阵馨香；有多少人在我的眼眸留下温馨片段，心儿就在一瞬间柔软如一脉秋水；有多少人来来往往，恬淡平静如身边再熟悉不过的风景……

回味荧屏后那一个个清晰又模糊的身影，仿佛一处处风景在荧屏中闪亮。遨游于网络，喜欢把焦距拉长，将美丽锁定在远方。遥遥欣赏，遥遥祝福……隔屏相望的朋友，你们好吗？可有看见我注视的目光？可有听见我轻声的问候？

菊

秋，是菊的季节。秋天的菊，洋洋洒洒，渲染着大地，菊的颜色五彩缤纷，但五彩缤纷的菊，展现的不是艳丽、繁华与富贵。菊，是清冷的，夹着秋风的凛冽，带着秋露的凝寒，菊，开得淡雅。

菊的美是那种不经意的秀美，菊的香是那种微微的清香。想到菊，就想到陶渊明"采菊东篱下，悠然见南山"的那种意境。淡淡的野菊花开满了山峦，缀饰在初秋青黄的草丛，小小的花朵，淡淡的黄、淡淡的紫、淡淡的粉，以一种不经意的姿态，绽放着不经意的菊香。

若花能语，我想菊兴许是淡定而明睿的仙子，有着与世无争的安静。在众花争艳的季节，菊展现的只是绿叶，直到众花凋零的秋，菊才盛开，菊的盛开，从来不是一场花开的盛宴，菊的花瓣似浸染秋霜的微寒，犹如李清照所描绘的"帘卷西风，人比黄花瘦"中写到的瘦菊，轻盈而薄凉。

以菊喻人，自古有"人淡如菊"，在我的认为中，菊亦是寂寞的吧，单薄雅致的菊瓣中，自有一份傲骨。菊从来不是以色示人的花儿，菊素来不被风流浪子所欣赏，只有那懂菊的人，才能看到菊之平凡的姿态里透出的不凡。

有植物学家说，花草若人，它们也是有思维与疼痛的，菊的思维中，更多的是那种淡然，菊是开在冷秋中的花，历经了风寒，从春的芽到秋的花，看尽了姹紫嫣红的争艳，更多的应该是一份了然傲霜，这也是素淡的菊花被很多文人墨客所赞赏的实质吧。

我喜欢走在秋天的原野，看着盛开中的菊，品味淡然如菊的心情，必然是水波不兴，淡定如禅。

最美妙的人生

我的高中同学中有这样两个人：一个是富人，另一个是穷人。

富人是一位私营企业家，资产 1000 多万元，开着 100 多万元的车子，喜欢驾车旅游，每年在这上面要花费几万元，在西安高新区有住房，还到交大读了 MBA 课程。

穷人是一位三轮车夫，靠给别人拉运货物谋生，每天的收入有三四十元。住在祖上留下的老房子里，家里有一个体弱多病的妻子，女儿已出嫁，儿子正在读硕士。

他们过着截然不同的生活，却有着相同的生活态度。

富人说，挣钱多只能说明国家的政策好了，自己也抓住了挣钱的机遇，不能证明你的本事大。他乐善好施，给村里又是修路又是建学校，同学聚会他争着埋单，朋友有困难他慷慨解囊，汶川地震他一捐就是十几万元。

读 MBA 时，教授说做个实验就能知道大家经营自己企业的水平。教授让大家把手机放在讲台上，而且必须开机。不一会儿，其他人的手机又唱又跳，只有他的手机静悄悄地躺着。教授感慨地说：“看来你是最懂得生活，也最会经营自己企业的人，你懂得放手，懂得让自己拥有私人的空间。"他笑着说："老师过奖了，我只是告诉自己的副手，只有厂子里发生了两件大事才可以给我打电话：一是厂子里着了大火，二是出了伤亡事故，其他的事让他们自己去处理。因为在 10 年前，我已经把机制理顺了。"

他计划干到 55 岁就退休，然后到世界各地去旅游，拍风光照片，出版发行影集，不为别的，因为那是他年轻时的一个梦。虽然在西安买了房，但他并没有打算以后到城里住，那是给儿子买的。他说退休了要带着老伴住到山里去，山里清静，空气新鲜环境好，种一块地，养一群鸡，过陶渊明那样躬耕自给的田园生活。

富人能有这样的境界，确实不容易，而穷人的幸福并不比他少。

穷人虽然挣钱少，晚上回到家里，老伴会嘘寒问暖，会给他打来洗脸水，会给他做好可口的饭菜，却从不问他今天挣了多少钱。老伴会唱戏，他会拉二胡，吃过饭后，必要唱一段"西湖山水还依旧"。他日子过得不是很富裕，可是有老伴的爱，有喜爱的秦腔唱着，有出嫁了的女儿经常回来照料着，有读硕士的儿子不时惦记着，他已经感到非常知足了。

穷人缺钱，却不缺爱心和美德。汶川地震了，他捐出 1000元，几乎是他一个月的纯收入。有一次他在路上捡了个小提包，里面装有 5 万元现金和数十万元票据，为了找到失主，他把三轮车停靠在路边守着，一守就是一下午，竟然忘了给货主送货。货主打来电话催问时，他抱歉地说明了情况。巧合的是，失主和货主居然是同一个人，是一位富甲一方的煤老板。煤老板拿出一万元现金要感谢他，他坚决不收，说不该拿的钱拿了他睡不着觉。后来，老板一有拉运的活就让他去干，使他增收不少，但他从来不多收一元钱运费。

老伴没去过西安，他就开上三轮车拉着她去，观一路风景，唱一路秦腔。走到十里铺，三轮车不让进城，他就和老伴打的进城尽兴游玩了两天，还如愿以偿地看了一场马友仙演的《游西湖》，又开着三轮车唱着秦腔返回。有记者拍下他们，大幅照片登在报纸上，说他们是现代乡村版的"大篷车"。记者请他谈感想，他说没啥感想，就是图个高兴劲儿。

富人与穷人的快乐究竟有多大区别？如果用金钱来衡量，区别很大，富人可以用钱买来许多看似快乐又未必快乐的东西，穷人不能；如果用精神来衡量，那几乎是一样的，他们感受到的快乐，谁也不比谁少多少。

不同的生活，一样的人生，有了快乐的生活态度，你就会感觉到自己很幸福，钱多点少点，真的不重要。因为，活出美丽的心情，那才会拥有最美妙的人生。

落叶追秋

秋，是个洗尽铅华的季节，虽然易逝却仍旧令人回味。

喜欢绚烂缤纷的初秋，因那五谷丰登的飘香，因那一望无际的金色稻田，还有因那儿时乡间温和的秋夜里，此起彼伏、不绝于耳的清幽的蝉鸣声，那声音像一首乐章，依旧时常萦绕在我的耳旁。

菊，淡淡地在这秋天里，开得正盛，孤独而又执着，守着一份清静，守着一份从容，开得群芳簇拥，开得花影婆娑，花样玲珑剔透，花色素淡端庄，悠然、肃静、平和，在这孤寂的秋日里，显得灵气而生动。

忽一日，风儿乍起，吹落枝头树叶，黄叶挣脱了树的束缚，随着风一起翩翩起舞，像一只只美丽的蝴蝶，那每一片黄叶，都刻上了岁月流逝的痕迹。在风的伴奏下，落叶沙沙作响，恰似一支动人的秋歌。

今年的秋，雨异常地多，细细的，密密的，淅淅沥沥地老也不停，似在倾诉季节日渐苍凉中无尽的哀怨。雨飘落下来，轻轻地洗刷着大地上的一切，天气很快转冷，那萧瑟的寒秋，带着一丝苍凉、一丝寒冷向我们走来了。

晚上，雾霭消散了，月亮升起来了，冷冷地看着大地，银白的月光孤独地洒在地上，夜的寒气弥漫在空中，深秋的夜显得那样寂静而寒冷。

一日读书，忽然读到那句"多情自古伤离别，更那堪，冷落清秋节"，才知道原来那个多愁善感的词人也只有在深秋时忽然感觉到离别和思念的哀愁。在深秋日渐苍凉的笼罩下，人会觉得那样孤寂和清幽，一切都处于沧桑和萧瑟中。

看着那黄叶满地，树木凋零，蓦然回首，萧瑟的秋已被挟裹着走向季节深处，我们已站在了冬天的边缘。时间像一把无情的剪刀，将岁月的枝枝叶叶，剥离得干干净净。时光已老去，那逝去的日子永远也不会回头了，忽然一种淡淡的哀愁涌上了心头。

但我明白，那些走过的岁月，或甜蜜或惆怅，或幸福或失意；那些走过的路，或平坦或坎坷，或宽阔或崎岖；那些走过的脚步，或沉重或轻松，或匆忙或悠闲；那些走过的日子，或淡如白水，或醇香如酒，或浮光掠影，或清香如茶，早已经充实了我们原本贫瘠的心灵，改变了我们原本乏味的生活，丰富了我们原本寡淡的人生，给我们留下了一种情怀和一种感念。

望尽天涯

和朋友闲聊，他们总抱怨自己工作忙、事情多，很少有机会远远地出趟门看看风景，同时对我能时常去外地出差而十分艳羡。听罢，我却极不以为然，一番唇枪舌剑自是难免。

其实，所谓风景，不过是一种感觉而已，它们大多是自然所赐，乃天地杰作也。它们是人眼中精致闪亮的回眸，是人心里回味悠长的思绪盛宴，是人脚下最具况味的荆途。它们或秀美或悲壮或古朴或华丽，付诸辞色也好，归之平淡也罢，不外乎取之自然，得之心灵罢了。所以我们可以聆听蝉语，也可倾听市声；可以去踏青，也可安坐家中享受阳光。我们这个世界绝不缺少风景，而是缺少发现风景的眼睛和心灵，所以，风景是奉献给有心理准备之人的一份礼物。

紧张繁忙之余，何不主动为自己安排一个轻松惬意的借口？或踏青插茱萸，或观潮待明月，或赏花品美酒，那么，有很多平凡的日子是可以升格为节日的。古语云：仁者乐山，智者乐水，所以古人笔下的鬼怪精灵大多是采天地灵气、取日月精华而得道的。人们对山水的渴望可以追溯到久远的年代，正所谓踏遍青山人未老，无限风光在险峰。一个人对风景的向往，可以物化为艺术，可以陶冶为品性，也可以凝练成思想。我国古代有不少著名的风景，正因为充满着浓重的人文色彩，再借助文化之力，终得以被写下来、画下来、沿承了下来。徐霞客寄情于山水，记录下无数千古风景，风景千古，他也跟着千古；陶潜也是位资深的旅者，路走多远，思想也就有多远，最终他在自己生命的兜转里走成了一代大家。辛弃疾云："我见青山多妩媚，料青山见我应如是。"从这个意义上讲，看得见风景的人也不失为一种风景。

天地本是时序轮转的风景，只不过人们往往为利所惑、为情所困、为形所役、为名所累，所以很多人在凡常的生活中看见的风景少而又少，即使有时勉强偶遇，也是一种局促残次的风景。我认为风景的得失关乎人的天性，只要心境澄明，面壁亦能悟道。柔美如西子，壮丽似三峡，小家碧玉抑或大家闺秀，都是风景永恒的主题。每当蒲公英种子升起的时候，一朵轻轻的祝福落在它身旁，就像深冬纷扬的大雪，有一种美国蓝调音乐的味道，主人公大可忽略，不能释怀的是那种幽幽的淡青色。于是，断壁上爬满了常春藤，因着曾经的泪，逝去的情绪结成美丽的琥珀。

于是草满山，云满树，随它去了。

简单的心灵之旅，乘兴而来，尽兴而去，率性而为，天性而已。

我们脚印以外的每一步，都可能是通向风景的路，可只有曲径才能通幽，如同建筑中的屏风，要登堂入室，就要有一种含蓄包容的态度。狭长的老巷，悠长的叹息，往往是一段动人故事的开始，就仿佛是粥要文火慢慢地熬才会有味道，许多时候，风景与人是一种缘分，犹如瀑布、阳关三叠、书艺中的飞白，要大的落差，竭尽心力所及，才能成就其壮丽。

我们的内心何时不飞花？我们的人生何处无风景？漫漫航

程，悠悠故国，望尽天涯皆风景，所以让我们站成一种姿势，时刻寻找着、迎接着、拥抱着，尽量不错过那些对我们至关重要的风景，最大限度地减少我们的人生遗憾。

晚霞梦魇

夕阳召唤着晚霞悄然而去，闪烁心头的烛光祥和而安宁，以温婉点燃记忆，夜迈着娴静的脚步如约翩翩而来。

躲进夜晚，游走在现实与想象的边缘，有一双眼睛水一般说尽清纯。暖风起处，你拍了枫叶的嫩芽为信寄给昨天，我才知晓，枫叶初生也那么红艳，不赖秋阳的烘烤，也胜二月花。

看来，那豪情不只在秋天才醉倒在山野的。我虽不能纵容，可是，多想那时就旁于近前——你用镜框选景，我用眼睛写生，只是，我的画面内容更丰富吧！

真切地感受着那虚幻的情景：一切美丽而动人的语言都已黯淡，鲜活的音符跳跃在心海里，你回眸一笑，看来是共鸣着。

风和心音，景着心色，生命中的希冀于此刻丰韵如斯，回顾尽是无语和怅然——那是怎样一个梦啊！

月终于耐不过我的期待，款款的清妆临于抱璞岩之上，解开一片漆黑，恍惚成陌生湖畔的云轴月卷，烟波画船。眼前，船只往来，覆着明黄的船篷。有人从桥上走过，手中捏的是一朵细花纸扇。那轻盈的霓裳，揉眼，分明看见她来自碧海青天，身上一丛清淡的桂香。想拿出画笔，最终坐着没动。这个时刻只属于我自己，像朱自清走在笼罩着月色的荷塘边。

还是文字最写意吧，画面太占空间，也会成为我想象的羁绊，不能让思绪飞出更远。在时光的沉淀中，共生出一脉独有的馨香，只能沉浸，却不能带走。

好像听谁说过一个故事：……他只说："原来你家也住这里？"在那棵什么树下，那天下着小雨，他说了一声，就跑开了。不远处，回头喊："给你吃枣子。"退着，说着，掏着。不小心，绊了，倒了，脸红了，逃了……等他准备了勇气和自信，回来想跟她说时，看见了门口她先生家迎亲的花轿……窗外闪动着过路人的匆匆，可是，他的脚步却那么沉重。不论何地何时，只要徐风送来微雨，我就会想到他。

长亭边的柳枝不敢拂地，纷纷扬起，是被离人折怕了吗？

西斜的月光那么皎洁，没有什么可以吞灭。喑哑的心琴吟咏着欢快的诗句，最难和谐。乍暖的时节，收敛的不只是激情；水做的你呀，凝眸和顾盼能否遮挽易逝的时光？而挥手告别的瞬间，臆想的风筝领略了春水长天，其不胜寒意的迟疑又有谁知晓呢？

别离是一片落花，飘零时粲然翻飞，但别离的长箫分明声声叩在胸口，袅袅纤纤，摸不着，可是，看着很真切。在我的心头没有雁阵落于荒原，谁的思绪飞来又归去，将燕语和蝉鸣捎往夏天之前？

月满西楼，销得启明无色；烟锁春柳，奈何杯中酒空？心梦魂俱远，有谁伴婵娟？

就在这样一个夜里，我设想三月的涧水载满你生命的厚望，而叹息已凝成昨夜星辰；就在这样一个夜里，我聆听风的脚步止于那片少年红叶，而你始终在叶脉之中不曾走远；也就是在这样一个夜里，我的归航拔锚扬帆，你背过脸去把背影投向我，凿于心墙的是让我吃惊的拭眉耸肩，就这样相会于远方又走向遥远。

嘿！你，听着：思念时，弹起你心爱的琵琶，唱一阕我写给你的长歌；怨恨时，竖起你骄傲的眉尖，翻一页你读给我的诗篇。

记住了，你的每一个黎明都是我展望的清晨。

别忘了，你的每一个黄昏都是我默念的傍晚。

醉中，方知酒热；爱着，才懂情浓。

不眠之夜

我们咫尺天涯已很久了，就像过了一个世纪似的，分离的时间点点滴滴好漫长。我已习惯了没有人的日子，就像当初习惯了有你在身边。也许曾经是困惑，也许曾经是相爱，可这一切都不重要了，相爱的未必能相守，相守的未必能相爱下去。这么想着，生离不再是残酷的，我也不再否定过去，否定你。相识是一种错误，但在茫茫人海中结识，让彼此的生命碰撞出一串绚丽的火花，也是生命中难得的一遇。我们曾经美丽过，在我相识的最初。你还会爱。我也会爱上别的什么人，但这段青春岁月，那些温馨而浪漫的往事，是刻在记忆中永不凋零的鲜花，失意的时候、疲惫的时候，忆起来，是一种会心的微笑……

就是这样一个女孩，拥有时好好珍惜、细心呵护；缘尽时，就收藏起所有的热烈和疯狂，把一切都埋葬起来，彻彻底底、干干净净地从你的生命中走出来。不侵扰你的生活，也不让你扰乱我的心境，把一切还原给生活，让时间冲淡一切，让一切恢复本来面目。这样尘埃散去，就能看清彼此面目，看清事情的真相。

爱是不可言说的，它不会随缘而散，缘尽了，它却还在心间缠绕、汩汩流淌。无数个雨夜，无数个寂寞的日子里，当我忙完一切日常琐事，站在窗前，看窗外迷离的霓虹灯时，你也许会从某个莫名的角落向我飘然而来，依旧是朗朗的眉目，不羁的笑容，心骤然间绞痛，思恋的泪水冰凉冰凉地流了满脸。那时，望着镜中因寂寞而分外美丽凄楚的脸庞，我会轻声呼唤你的名字，渴望有你在身边。可既然一切努力都是枉然，我不会再飞蛾扑火。

是的，过去了的就永远过去了。假如昔日重来，我们也回不到从前，回不到当初的圆满和完美，那又何必找回从前呢？让往事随风，各自走好自己的路吧。不能说我爱你，也不能说我不爱你，如果不爱，想起你，不会有如此缠绵悱恻的感觉；如果爱，我又怎么能做到云淡风轻时的从容，不再关注你，不再靠近你？

肯定有一些日子，我们是属于彼此的。生命给予我们的邂逅，不过那么短短一瞬，我们不是平行线，而是交叉的线，在各自的生命中电光石火似的碰撞之后，便偏离对方，这也是一种缘。

山花烂漫的季节，我喜欢遥望远方那座高耸入云的摩天大楼，那是你生活的地方，曾是牵引我漂浮的心回归的航标。

而今，冬日的城市终日雾气弥漫，我已很久没有凝望那座高楼了。

绿色的夏季

春天是多姿多彩的，漫山遍野的映山红如星辰，使人眼花缭乱，又恰似山里的姑娘，温柔可爱。哦，好一派满园春色，花的季节呀！

然而，我更喜爱夏日的那一片绿。

山里的季节不那么明显，只有当闪电和雷鸣笼罩着山头时，才发现夏天已经开始，山溪欢快了许多，也正是这时，才发现山里的花儿已无踪无影，漫山遍野都是绿色——那么多，多得连接天涯；那么密，密得连针也插不进；那么厚，厚如毛毯。

这不，连那顽童头上的帽都是绿叶编织成的呢。

山里人不怕热，因为他们生活在绿色的海洋中，随处可以栖息在浓荫下，悠闲地品尝着大自然馈赠的绿烟叶，豪放地谈天的阴晴、地的宽窄、聊人的悲欢、情的真假。跳动的心显而易见，人与人之间的胸怀是敞开的。

山里人渴望春的光临，山里人更盼望夏的到来。只有夏日的到来，山里的那片新绿才会茁壮，黄牛、水牛才能膘肥，山里人才会更快富裕。

绿，不仅是山里人的现实，也是山里人的未来。山里人常常说，他们像绿叶。

仲夏的夜，山里人爱在大树下摆桌喝茶，谈天说地。在这里，每到这晚，便是一席丰盛的桃李梅果、糕点一类的食品，他们不分"你""我""他"，也没有"他家的"和"我家的"，宛如孩时聚拢的"家"。

他们爱绿叶，就像爱孩子一样。

20 年前，这里山脊裸露，人烟稀少，夏日的夜是恐怖之夜，令人提心吊胆；特别是雷神的轰击、暴雨的肆虐，更是一场惨戚的狂劫。

今天，他们用绿叶覆盖山坡，也覆盖自己。他们又要畅饮夏日的绿泉酒，自由自在地高谈山里的今日，畅想山里的明天了。

女文友 ABC

交朋结友，既是一门社交学问，也是人生中的一大乐趣。

在诸多文友中，要数 A、B、C 三位女文友的印象特别深。最先结识的是小 A，一位医科大学附属医院的白衣天使。她琴棋书画、写诗写散文写小说样样皆能。记得当时我在《女友》中读了她两篇散文和好几首诗，写得蛮好。清丽灵秀的笔墨，细腻委婉的情调，洋溢着感人至深的生活情趣。我虔诚地寄去一信和一篇赞颂白衣天使的小散文，她回信强调"有感而发"，可就是不谈文章的优劣。不久，无形中使我明了个中理喻：人世间的事，尤其是文学，最终还是要靠自己。而那篇小散文经过仔细推敲，半年后得以发表。

以后，我连续收到小 A 三封情绪低落的信。彷徨、苦恼、悲观、失望……我手捧她沉甸甸的寄托，告诉她：事业要靠拼搏靠奋斗，你别无选择……她果然振作精神，开始攀登，读电大，转干，发表医著论文，取得了主管护师的任职资格。再以后，她当上了一家报刊的编辑记者。猴年岁暮，我收到小 A 寄来的一幅精美国画，经人点拨，画中之意乃拜吾为师也，那幅画我当珍贵礼物收藏着。

B友，是位高考落榜的山村女子，勤奋好学，刚烈自强，仅差一分半而落榜。读她的信如读她的心思，读她那呢喃的岁月，读她的全部。

有一次，我与妻子赌气闹翻了脸，差点拜拜。我的情绪一直很忧郁，她从我的字里行间窥视出我的内心世界，她就写信开导、启发我；她还说，如果一个人不追求上进，那终究要被社会淘汰掉。不久，我收到了她出版的一本《青春的诱惑》诗集……后来，她还成为"养鸭大王"，成为山区奔小康的领头雁。我折服于她，时常自叹弗如。去年秋，与她谋过一面，文如其人。

C友，是典型都市知识分子，教书匠，四十出头，我叫她"洪姐"。她写诗出书，是小有名气的人。可她家境贫寒，有个沾酒必醉，醉酒必疯的丈夫。她始终没有与丈夫产生裂痕，仅靠微薄的工资赡养双方父母和两个小孩。因此，她常常被经济困扰得进退维谷。每年，我都要为她寄去几十元钱，而她总是那么感谢我……不料，一年多了，她却杳无音信。后来，她9岁的小女孩回了我一信：她患肝癌离世……一个晴天霹雳，我不禁"哇"的一声泪水夺眶而出，要是我早知她得了不治之症，我会去城里见她一面。我为失去一位真诚的文友痛悔莫及，以后的日子我常常念叨她。

哦，愿真诚纯情的友谊之树常青！

俗话说：男儿有泪不轻弹。然而，我总是为一些事情而流泪，小时候母亲说我爱哭，不坚强；长大后，我依然会为一些事情而流泪。有人说我懦弱，有人说我心善，也有人说我太动情。种种说法，我没有否认也没有肯定；但是，我的眼泪没白流，我的眼泪总是化为一种动力，或者说是一种爱，一种真诚吧。

陶醉清风

一年四季，无不有风。春风柔和、夏风灼人、秋风凉爽、冬风凛冽。风有声，只要风起，我们就能感觉。

一个季节就是一种心情，一个季节也是一种风景。正值春暖花开之日，人们的视野里满是绿野芳踪、桃红李白、杨柳滴翠。

"春风又绿江南岸"，春风拂过，万物复苏，点燃了一派大自然的绿意。看，小草随风摇曳，散发无穷的生命力，放眼望去一片绿草如茵，使人神清气爽。垂柳随风飞舞，飘逸婀娜，_丝丝_柳枝上映出嫩嫩的绿、淡淡的黄，连成一片，透着朦朦胧胧的柔美，让人心旷神怡。"忽如一夜春风来，千树万树梨花开"，春风催得百花齐放，百花为人们捧出了万紫千红的春天。春风徐来，春意盎然，各种景象焕然一新，因为有了春风，才有春风得意、春意浓郁，无边无际的浪漫美景。

漫步在柳岸河堤，花的清香和泥土的气息随风弥漫开来，沁人心脾，精神抖擞，让整个人的心灵都得到净化。沐浴着初春温暖的阳光，迎着扑面而来的鸟语花香，我的心情如同江水般碧波荡漾，潮起潮落。

"吹面不寒杨柳风"，风轻轻地吹过，_丝丝缕缕如小猫的爪_

子踏过心尖，又如婴儿柔嫩的小手拂过脸颊，那感觉轻柔细腻，清新怡情，散发醉人的芬芳。浸润在这柔柔的春风里，所有的烦忧都随风而散，只留下一份动人的恬静与舒适。

喜欢风，喜欢它的轻盈飘逸、自由奔放、洒脱不羁，还有那坦荡的胸襟。风是清的，是灵动的。它的心从不在任何一件事上停留，也不执着于任何一物；它在空中自由地来来去去，仿佛是过往人间的精灵，不会去承载世俗的沉重，也不会去玷污山水的清静。它吹遍世界上每一个角落，亲吻世间每一寸芳菲，它盘旋在四季的轮回里，推动云卷云舒；它缥缈在天地万物间，笑看花开花落；它以哲人的眼光注视这厚重的久远、喧嚣与沉寂……

一直希望能有如风的情怀，对红尘俗事看淡一些、看轻一些、看宽一些，心境如风、淡泊如风、飘逸如风。可往往世人在红尘里辗转奔波，很多东西放不开、丢不下，无法做到像风一样潇洒自如，像风一样来去自由了无牵挂。唯愿阵阵和煦的春风吹散尘世的污垢，吹走心中的烦忧，吹出一个明净的心空。

风，轻轻地吹，柔柔地吹，它悄悄穿越我的指尖，亲吻我的脸颊，女人长发曼舞，衣袂飘飘；男人眉飞色舞，飘逸潇洒。风中的一抹清爽舒展出诱人的魅惑，风中的一缕芬芳摇曳出迷醉的心香，沉醉在风中，释放我轻柔的心情，一种淡然悠远轻叩心扉，心事、柔情、一颦一笑尽在其中……

喜欢风中的感觉；喜欢迎风而立的清朗。独自凭栏迎风，静静聆听风的呢喃。

听，它在轻轻地、轻轻地诉说……它说的每一句话，都带有自然的气息，那是大自然的语言，洋溢着诗一般的情愫，散发着花一般的馨香。

一阵清风扑面而来，我仰起头嗅着风的味道，张开双臂拥抱风的气息，眼前浮现电影《泰坦尼克号》中男女主人公站立船头迎风而立的姿态，那唯美浪漫的经典画面醉成一幅遗世独立的俊秀风景……

思绪如潮，心静如水，不知不觉进入淡远的意境里，任由思绪在融融的春风里乱舞，在季节的更迭中遐思……

我在风中吟唱，在风里轻唤，谁共我，醉清风……

漫漫长夜

　　流连于夜的窗口，窗外的风漫过窗纱轻拂我的脸，一如温柔的双手的缠绵。风扯着思念走，扯得格外地意蕴悠长，种种情愫在体内流动，牵引起心底灵动的思潮。

　　我就这样静静地、静静地坐在窗前，任如风思绪游走在宁静空寂的广阔天边，让心在恬淡的夜色里缓缓穿行。

　　熟稔的音乐自身边缥缈而起，如丝如缕，撩拨起心底淡淡的情怀。在这寂静的漫漫长夜，在这浩渺的星空下，那缕琴声恍若从上古传来的幽幽气息，如泣如诉，缠绵而悠远。柔美音韵，如泉水般流淌，如月光般明净，直抵心间。心，也随着陈美的这曲小提琴《陪我度过漫漫长夜》滑过夜幕的幽深，舞出曼妙的心曲，旋转飘向天际……

　　一个人，在宁静的夜晚听这首曲子，有一种恬静淡然的释怀。那琴声，既是心灵的独白，又隐含着无尽的遐思。当你在凡尘俗世身心疲惫时，它像清流淌过你的灵魂，带给你舒适浪漫的心境。当你在漫漫长夜细数相思时，它能引领你穿越时空，在清爽无比的夜风里展翅飞过如银的月光，释放浓浓的情思……

　　漫漫长夜，谁的身影勾起相思一缕？谁的名字投入心湖泛起阵阵涟漪？谁的笑靥绽开如夜空里熠熠生辉的星辰？漫漫长夜，谁，又会把我放在心间？任我飘逸秀发轻扫你微蹙的眉心，任我纤纤身影融入你情深意长的眼眸？

窗外，半帘残月，透着朦胧的光晕，一缕花香，弥漫在清凉的空气里。今夜，你是否也倚在窗前点燃一缕思念、一份守望？是否也和我一样独坐在夜色阑珊的窗前，用一支蘸满了夜色的笔，悄悄地、悄悄地描摹着这繁星一般的灿烂，这花香一般的绵长？

几许情愫悠悠，几多思情绵绵！陶醉的心情在美丽的夜色里，显得如此缤纷、如此温馨。凝眸处，细思量，夜色深处的你，是否感应到晚风中那一弯如水的柔情？是否听得见这善解人意的悠扬曲调？

夜，静谧而美丽！远方的你，好吗？可否为我轻抚一曲？玲珑清音，在指尖萦绕，滑过夜的幽静，在漫漫长夜里，演绎成红豆的相思？可否为我掬一捧月光，素手为笔，温柔绕指，在落花流水般的岁月里，画上情深韵长的一笔娟秀？

静夜如诗！这夜融着你也融着我，我用心感知着你的存在，感知着你的气息。我知道你会在这夜色中悠然走来，沿着思念的小径，伴着月光，和着心曲，轻轻地流连在我心的梦园。

一份遐思，一份念想，一份柔情，在夜风里轻舞飞扬，飘然自若。随着小提琴那一缕幽弦，心儿在夜色里低吟浅唱。今夜无眠，就让这悠扬的琴声陪我度过漫漫长夜！在动人的旋律中，飞越宁静的夏夜，在心灵的绿色原野上，翩然起舞。

也说放手

周末，与同学喝茶，谈到了"放手"。我说，人，到了知天命之年，应该懂得如何放手了。即使心里不想放，自然规律也会逼迫着他不得不放手。

假如人活100岁，那么，50岁大概就是人生的最高峰。从1岁到50岁，人是处在爬山上升的阶段。这一段的人生，人们要背负太多的东西，一件一件地拾起、背起。到了学龄，要背起知识，九年制义务教育，再加上三年高中、四年大学，也许还有两三年读研，加上学前班，20年左右的学习，这是一条漫长而艰辛的路。学业还没修好，就要兼顾着背负起爱情，于是，有了一份对另一半的责任和义务。爱情的发展，又有了结果，那就是双方共同开创了生命的延续，有了共同的孩子。于是，又背起了对下一代的责任。

这段人生，是收获丰硕的阶段。在收获知识、爱情、下一代的同时，也收获着事业的成功，有了名誉，有了金钱，有了地位，有了天伦，有了亲情，有了友情。50岁之前的人生，是个紧抓不放的人生。什么都要抓在手上，什么喜欢的东西都想伸手去抓，恨不能变成千手观音。权力、金钱、地位、爱情，每一样都不舍得放手。但到了 50 岁，如果还这样，那一定会折损了自己。因为，每个人的人生，都有一个顶峰，到 50 岁，大多数人就开始从人生的山顶往下走了。这个人生转折点，就到了放手的时候。

人到 50 岁，许多的东西回头一看，才发现，有些该抓的没抓住，不该抓的空耗了光阴与精力，最后悔的是没抓住健康。50 岁之前，仗着年轻，为了事业、爱情、家庭，大量透支自己的健康；到 50 岁，看到了后果，血压高了，血脂高了，血糖高了，血管硬化了，心律不齐了。长期抽烟、酗酒，心肝肺都有了毛病。而在突发脑出血、心肌梗死的人群中，大多数集中在 50 岁到 55 岁。

50 岁是人生之巅，如一个登顶的登山运动员。此时全身披挂的，都是人生路上拾得的身外之物。50 岁后，如还有收获，也是很轻微的。而往后，更多的却是要一件一件地放手、放下、放开。50 岁后的人，不要因为一次次人生的失落而痛苦，而应当为自己曾经拥有过而幸福。要知道，当走到自己人生终点，爱到无力的时候，两手都是直直的，什么心爱、最爱都要放手了。

如果明白了这个道理，50 岁后的人，就应该坦然超脱。该放手的，请及时放手吧，那样会使自己更加轻松，千万别因为失去什么而痛苦。

心态与容貌

人的心态决定命运，人的容貌体现心态。有一些故事让人能明白许多。

很久很久以前，有一个王后死了，国王娶了个新王后，她很美丽，新王后有面魔镜，每天她都要问一问魔镜世界上谁最美丽，魔镜照遍了天上地下对她说："你最美丽。"直到有一天，魔镜告诉她还有一个人比她更美丽，就是前王后所生的白雪公主。听到这句话，新王后便心生歹意。她要置这个刚刚长大的白雪公主于死地，恼怒与忌妒使王后的面目狰狞起来，成了个丑女人……

美缘何转为丑？那是因为心态丑了，相貌也跟着变丑，所谓相由心生，就是这个道理。

也就是说，一个人的个性、心思与作为，可以通过面部特征表现出来。

想想看，人在发怒时，血气翻涌，怒目圆睁，能美吗？人在忧愁时，唉声叹气，眉头紧锁，能美吗？人在妒忌时，情绪失衡，咬牙切齿，能美吗？有人说，经常贪小便宜，就出小气相；经常小偷小摸，就出鬼祟相；经常心怀恶念，就出恶煞相；经常搞阴谋诡计，就出狡诈相……相反，经常尊重人，就出庄严相；经常勤俭节约，就出朴素相；经常乐善好施，就出宽厚相；经常慈悲助人，就出善良相……

"他贼头贼脑，不像个好人；他慈眉善目，是个好人！"小时候看电影，人物刚出场，我们一眼能看出谁好谁坏，就是根据演员的面容做出的判断，戏剧脸谱刻画的忠与奸，来得更直接，干脆就把人内心的善恶表现在脸上。

据说，从前有一个技艺高超的雕塑家，他非常喜欢雕塑夜叉及各种妖魔鬼怪的塑像，并且雕塑得惟妙惟肖。但是有一天照镜子时，他突然发现自己的面貌越来越丑了。雕塑家原来长得非常英俊潇洒，如今神态变得狡诈、凶恶，以至于他自己看到这个面相也觉得有些可恶可怕。于是他遍访名医，均无办法治愈。

后来，他在游历一座庙宇时，把自己的苦衷向庙中的长老说了。长老说，我可以治你的"病"，但不能白给你治，你必须为我先做一点工——雕塑几尊神态各异的观音像。雕塑家听后同意了。由于观音是慈祥、善良、圣洁、宽仁、正义的化身，雕塑家在塑造的过程中不断地研究、琢磨观音的言行，不断模拟观音的心态和神情，达到了忘我的程度。

半年后，雕塑家的工作结束了，同时他惊喜地发现自己的相貌已经变得神清气爽，端正庄严。他感谢长老治好了他的病。"不！"长老说，"你的病是你自己治好的。"此时，雕塑家找到了原来"变丑"的病根——过去，他一直在雕塑夜叉及各种妖魔鬼怪的塑像，被腐蚀了的心性由内向外显现出来。

有什么样的心境，就有什么样的面相。这话不假，心态平和的时候，平和之气呈于颜面之上；如果心里装满了仇恨，愤恨之相也难遮挡。那日街头，偶见一个女子对着一个男人咬牙切齿地骂，唾沫四溅，叉腰跳脚，本来这个女子身材窈窕，眉清目秀，因为脏话连连，顿时让人觉得丑陋不堪……

有仪才有表，仪就是仪态，就是人的姿势、举止，就是修养，就是气质，就是善言、善行、善心……有了仪，才可展示形表上的风度与韵味，从内涵到外延，透出端庄的光彩。

而这些，需要心境祥和，需要宽容大度，需要慈悲助人，需要宠辱不惊，需要修德修身，需要永存善念……如是因，其善在心；如是果，其华在表。

警界先锋

浔阳狩猎人

一

浔阳是一座古老的江城，长江穿越黄金水道与京九铁路交会，成为江西北部经济、文化中心重镇。这里曾经是兵家常争之地，在这里周瑜曾点兵千军万马，呼风唤雨……

这里有一名忠实的守城人，他就像浔阳的狩猎人，他中等个子，身材精干，相貌堂堂，看似平静的眼波下暗藏着锐利如雄鹰般的眼神。他叫陶春，是一名有20多年警龄的刑警大队长。

走进他的办公室，我看见他正在上网查询一起案件信息，他停下手中的活儿，客气地让座，倒茶。

当说起他破案追逃的事儿，陶春乐呵呵地说："我没有什么爱好，不打牌，也不喝酒，就是爱破案、追逃犯。"

坐在一边的副大队长李新说："陶大破案追逃，可玩命了。"

陶春破案追逃犯玩命的事，九江警队的战友无不敬仰，他拼命的劲儿，令许多年轻人望尘莫及。

那年冬天，陶春从预审科调进刑警大队。一天中午，正在办公室午休的陶春接到母亲打来的电话来说家里的水龙头坏了，要他回去修一下，接到电话后，陶春骑摩托车赶回家。

陶春拆下水龙头还没接上，一个传呼让他震惊："你要找的人来了！"

陶春心里打了个激灵，丢下手中的老虎钳、扳手，朝屋里的母亲说了句："妈，我有急事要出去一会儿。"

"春儿，你要快点回来接好水龙头哇，中午做饭都没水了。"

"好，我很快就回来。"陶春骑上摩托车冲出了大门。

陶春要找的人叫舒佳，那小子的模样一路在陶春的脑子里闪现。一个月前，舒佳在溜冰场溜冰时与一名大学生高某发生肢体碰撞引发口角。当晚，报复心理极强的舒佳邀了一个小兄弟来到溜冰场门口拦截高某，言语不合，舒佳挥刀疯砍，高某头部中了两刀，当场死亡。行凶后，舒佳带着他的小兄弟逃得无影无踪。

浔阳警队两小时摸排，当晚查获凶手系九江市浔阳区的舒佳。砍死了人，舒佳溜之大吉，销声匿迹。舒佳一米八二的个头，人高马大，粗犷狂妄。舒佳的父亲早年因盗窃入狱，母亲外出打工，少年缺乏管教，从小脾气暴躁，凶狠好斗，从劳教所释放出来才两个月，又犯上了一起命案，成为重案逃犯。

事后，大队长点将，这起命案追踪由陶春负责，这是陶春干刑警负责的第一起命案。蹲守、设伏、追踪舒佳一个多月无果，他压力很大。于是，陶春给浔阳区所有的溜冰场、网吧、游戏室下了秘密通缉令，一旦发现舒佳，立即报告。

舒佳个头大，陶春才一米六八，身材瘦小，力量悬殊。陶春路过一家小商店，停车到商店打了个电话给队里请求增援，然后驾驶摩托车急忙朝报警的游戏室奔去。

踏破铁鞋无觅处，得来全不费工夫。陶春赶到游戏室二楼扫视了一眼，发现舒佳正在玩游戏，他找了个空位坐下，等待增援的兄弟。孰料，陶春被坐在对面的一个小青年认出来了，他竟然大叫一声："警察大哥来了！"

这一叫喊，把舒佳惊吓着了，极其敏感的舒佳跳了起来，直奔出口处逃跑，陶春奋起挡住去路，舒佳掉头跑向临街的窗口，跳上窗台往两米高的一楼亡命跳下。陶春惊了，脚起风生，拔腿就像箭一般跨越两台游戏机，冲向窗口，纵身一跃，将舒佳扑倒在地。

舒佳拼命挣扎，拳打脚踢，企图逃脱。陶春死死抱着粗壮高大的舒佳不放，两人滚在地上。舒佳凶狠地用拳头击打陶春的脑袋，陶春扭住舒佳的右腿翻滚着，死死摁住不放手，就像磁石一般紧紧粘住舒佳，使其无法挣脱。

一场生与死的较量，考验陶春的毅力和拼劲。此刻，陶春只有一个信念：就是死，也不能让舒佳逃脱！陶春与舒佳在地上翻来滚去厮打，围观的市民越来越多，陶春呼喊群众帮忙抓逃犯，可市民分不清谁是警察，谁是逃犯，没有人敢上来帮助。陶春放弃求助的念头，死死摁住舒佳的右腿不放，他忽左忽右躲闪舒佳的拳头，拼尽全力抱着舒佳的右腿不放，赶来增援的刑警把他们分开时，发现舒佳的右腿不能站立，而陶春的脑袋起了好几个疙瘩。

陶春与逃犯舒佳同时被送进医院，经检查诊断，舒佳右腿粉碎性骨折，陶春脑震荡。

陶春母亲在家等候了两个多小时，没等到儿子回家换水龙头，却等到了局里的电话，说陶春受伤送医院了，让她到医院去见儿子。

母亲心急火燎地赶到医院，看见躺在病床上的儿子，心痛得大哭起来："春儿啊，你怎么不跟妈说一句你干啥去了呀？"

"妈，情况紧急……我现在不是好好的嘛。"陶春若无其事地安慰母亲。

说是好好的，其实陶春的脑震荡一直没治好，还落下了病根，每到换季，脑袋就痛，且越来越严重。陶春说，他的头就是九江市最准的天气预报。

陶春出院后到看守所做舒佳的笔录，舒佳见到个子不高的陶春，说道："想不到你那么不怕死，我服了你。"陶春说："怕死，我就不当警察了。"

陶春，一个不怕死的刑警，这一辈子注定了与罪犯博弈。

二

2016年8月8日12时15分，同事们都去食堂吃饭了，陶春刚走到食堂门口，就接到值班室民警的电话说，一名中年妇女焦虑不安地要找大队长报案。

"你带她到接待室去，我马上就来。"陶春顾不上吃饭，转身直奔接待室。

中年妇女一见陶春，急不可耐地央求："大队长，我丈夫上午打了一个求救电话，然后就失去了联系。我估计他出事了，您快点救救我丈夫吧！"

"好，你慢慢说，具体点。"

中年妇女说，上午9时许，她丈夫俞建接到一个电话后，就说跟李根出去谈生意了。大约两个小时后，丈夫突然打电话求救，只说了一句话，声音极度恐慌且虚弱无助。然后，他的电话就再也打不通了。

职业的敏感，让陶春感觉：大案已经发生。

时间就是生命。陶春立即召集教导员和两位副大队长、大案中队中队长赶到办公室。他简单地介绍了一下案情，下令迅即启动命案侦查机制。教导员和李副大队长分头紧急集合队伍，陶春通知正在食堂吃饭的技侦民警迅速赶到合成作战室，开展网上侦查，寻找俞建和李根的下落，一张无形的天网紧张有序地铺开。

一小时后，陶春终于从海量的视频中发现了俞建和李根的车辆活动踪迹，同时查获了一个密切联系人的手机号码。拨打这个号码，发现对方已经关机。

合成作战室民警通过跟踪侦查，发现俞建的车辆消失在九江市区一家医院的地下停车场。陶春率领大案中队刑警风驰电掣地赶到这家医院地下停车场，很快找到了俞建的汽车。打开后车门，陶春大吃一惊，俞建和李根躺在后排座位上一动不动，两人身上遍布血迹，车内血腥扑鼻，惨不忍睹。

是谁杀害了俞建与李根？凶手为何如此残忍地置两人于死地？陶春判断：这是一起典型的谋财害命案。根据法医现场分析，可能是两人以上合谋作案。陶春部署专案组，首先查找受害人的密切联系人。

20分钟后，侦查民警查获俞建在案发时与一个叫胡宾的人有过密切联系。而案发后，胡宾没有再与受害人联系过。经过研判追踪，警方确认这个叫胡宾的男子有重大嫌疑。

一个身负两条人命的重大嫌疑人一旦逃脱警方追捕，可能后患无穷，当务之急是尽快抓捕胡宾归案。

九江交通便利，水陆畅通，胡宾会逃往哪里？有侦查员认为，胡宾作案后必定会尽快逃离九江。而九江与湖北交界，胡宾很可能会认为，只要穿越长江大桥，就到达了"自由天堂"。

陶春逆向思维，判断胡宾不会做出这样的选择。他分析胡宾的性格特点，认为其具有一定的反侦查能力，将逆行而逃，走高速公路往广东或湖南方向逃窜。

陶春安排好警力在长江大桥设卡后，果断率领大案中队民警往南昌方向追踪而去。他要求网监民警密切跟踪胡宾的电信信息，随时应变。

果不其然。胡宾逃离地下停车场后，如惊弓之鸟，逃之夭夭。他开着一辆小车，途经九江市七里湖时，把行凶时用过的匕首扔到了七里湖桥下，然后驾车沿 105 国道驶窜上昌九高速公路，往南昌方向狂奔。

胡宾驾车在 105 国道疯狂奔逃，他一路盘算着，逃出南昌，辗转赣粤高速公路，中途弃车，然后神不知鬼不觉地换车逃往广东。

胡宾一路狂奔了 200 多公里，突然想到要打个电话给妻子，毕竟此去不知何时才能见到妻子和女儿，他想拨打妻子的电话，告诉她不要找他……

当胡宾打开手机的瞬间，也想到会被警方追踪他的行踪。他犹豫了一会儿，又关掉了手机，踩下油门，加快速度向南昌方向继续狂奔。

就在这一刹那，胡宾的行踪很快被警方发现。而他的行踪，也确实印证了陶春的判断。

陶春接到合成作战室民警的电话后，精神大振。他一边加速前进，一边向高速公路沿途警方请求拦截凶徒。顷刻间，一张天网在江西昌九、大广、赣粤高速公路撒开。

当天 20 时许，在昌九高速公路南昌新旗州路段，值勤交通民警拦下了胡宾。胡宾以为交警例行检查，他万万没料到，左脚一落地，一副冰冷的手铐就让他失去了自由。

追踪而来的陶春和队友很快赶到了新旗州。见到了胡宾，陶春轻轻地舒了一口气。为弄清楚到底有几个人作案，陶春就地审讯胡宾。

胡宾没有抵抗，也没有狡辩，如实交代：为了一张承兑汇票，他蓄谋已久。上午，他约俞建和李根到自己的办公室谈笔生意，在茶里下了迷药。没想到，在交易价格上，俞建和李根始终寸步不让。胡宾说，自己实在太需要这笔钱了。当时，他恶向胆边生，对逐渐变得迷迷糊糊的俞建和李根狠下杀手。但是，那张他梦寐以求的汇票，却始终没有得到……

"至少有两个人作案，除了你，还有谁？"

"没有，就我一个人。"

"当时，还有谁跟你在一起？"

"有一个叫王苕的，是我朋友，他还在我办公室。"

王苕也喝了有迷药的茶。此时，他生死未卜，命悬分秒。陶春请求九江市公安局刑侦支队派员查找王苕。民警直奔胡宾办公室，只见王苕昏睡在沙发上，已奄奄一息。急救医生赶到现场后，对王苕进行了心肺复苏抢救。10分钟后，王苕苏醒过来了，但神志不清。

"如果迟10分钟抢救，他恐怕就不行了。"负责抢救的医生说。

原来，案发之日，王苕在家无事，一大早就来找胡宾闲聊。无意中，他掉进了胡宾精心设下的陷阱。王苕不知胡宾在茶里下了迷药，在喝下两杯迷药茶后，他昏睡了整整8个小时，幸好抢救及时，幸免于难。

区区一张承兑汇票，为何连夺两条人命？原来，这是一张巨额承兑汇票，面额为2000万元。尽管胡宾无法百分之百地确定，出票企业最终能否兑现这笔巨款，但对于"缺钱"的他而言，这是一个极大的诱惑。

俞建与李根是专做承兑汇票"中介"的"灰色"生意人。胡宾早就听说，他们做承兑汇票生意赚了不少钱。案发3个月前，胡宾得知俞建有一张面额2000万元的汇票要出手，"中介费"是3万到5万元现金，胡宾想买下他这张承兑汇票，以获得更多资金投资生意。随后，胡宾通过朋友牵线，很快联系上了俞建。可是由于双方价格谈不拢，无法成交。

3个月后，胡宾与王苛合伙投标中了九江市一家建筑工程，开工需要1000万元投资。由于资金缺口大，无处筹资，胡宾又想到了那张2000万元的承兑汇票，可苦于手里已经实在挤不出那笔"中介费"，想来想去，胡宾抢占那张承兑汇票的欲望愈加强烈。

胡宾做梦都梦到自己把汇票成功兑换成了现金，梦境里的狂喜感，令他兴奋不已。第二天，他便来到浔阳区一条老街深巷的一个"神算子"算命摊子，算算他的财气运气。"神算子"摸了一下胡宾的手，又问了他的生辰八字，竟然双手拍桌叫好，"送"给胡宾八个字："时来运转，金砖抱佛！"胡宾听后喜不自禁，阔手丢下两百元"算命"钱，扬长而去。

有了"神算子"的预言，胡宾已然把自己当成那张汇票的下一任主人了。要兑现汇票，必须找到愿意接手的公司作为持票人，于是他着手寻找买家。可连续找了三四家公司，没有公司愿意接手。

胡宾思来想去，觉得不如自己注册一家公司，这样就不用求人了。说办就办，胡宾找到王苛等几个朋友帮忙，利用自己的产业成功注册了一家公司。他想，只要公司成立了，就不愁那张承兑汇票到手后换不成现金了。

王苛与胡宾是一起长大的乡友。高中毕业后，王苛在一家建筑公司上班，因身无长技，没赚到钱，改行经营物流，与胡宾合伙做运输生意。

注册公司后，胡宾又数次约见俞建，想尽快买下那张巨额承兑汇票，可还是谈不拢"中介费"。眼下，投标项目即将开工，投标前借了朋友500多万元资金，胡宾曾经承诺，开工前一分不少地还给他们。可眼下，一方面，借来的 500 多万元还不上；另一方面，工程资金短缺，无法动工，胡宾一筹莫展，心里打了个死结。

胡宾在家想了两天两夜，感到无路可走。突然，俞建那张 2000 万元的承兑汇票又浮现在他的脑海中。买卖不成就强取，这宗生意必须做！谋财心急的胡宾顿生毒计。经过精心设计，他从网上购买了一把匕首、两包迷药，伺机下手。

案发当天上午 9 时许，胡宾打电话约见李根，佯装答应俞建提出来的价格，并请他们带着承兑汇票去自己办公室洽谈。俞建接到李根的电话后，带上那张 2000 万元面额的承兑汇票，驾车与李根兴致勃勃地往胡宾的公司赶去。

走进胡宾办公室，桌上已泡好了 3 杯茶。胡宾和他的朋友王苛起身，热情地招呼俞建与李根。

"'中介费'还是 3 万吧？"俞建、李根屁股还没坐热，胡宾便开始讨价还价。李根说："太便宜了，至少要 6 万。"胡宾不高兴了，说："原来说好是 5 万，怎么又涨价了？"俞建说："市场涨价了，没有 6 万元，不会出手。"

"5 万就 5 万吧，再多我就不要了。"胡宾最后摊牌。俞建用眼色征求李根的意见，李根表示不愿出手。双方僵持了 20 余分钟，胡宾再次泡茶给俞建、李根两人喝。

也许是谈判谈得口干舌燥，俞建、李根两人都一口喝干了杯中的绿茶。胡宾没有给王苛倒茶，王苛自己倒了一杯茶，一饮而尽。李根喝下一杯茶后，感觉头有点晕，俞建也感觉有些异常。他舔了一口杯中的余茶后，向李根使了个眼色，两人不约而同走出胡宾的办公室，直奔楼下路边的小车。

上车后，俞建感到事态严重，立即拨打妻子的电话："英英，快来救我，我在……"俞建的话还没说完，后车门突然被打开，胡宾蹿进车来。

"把汇票给我！"胡宾凶相毕露，抢过俞建手里的电话。接着，他又把李根的电话抢过来，放在后座车垫底下。瞬间，胡宾抽出随身携带的匕首，威胁他们："给不给？不给我就杀了你们！"

"你就是杀死我，我也不会给你汇票。"李根可能认为，身为总经理的胡宾是在威胁他们的，不至于要他们的命。

"不给就杀了你们！"胡宾用刀子顶住俞建的脖子。

"给你也没用，给了你也拿不到钱。"俞建有气无力地和胡宾周旋。

"不给也得给！"胡宾再次威逼俞建和李根交出汇票。

可无论胡宾怎样威逼，头昏脑涨的俞建与李根始终不交出那张汇票。丧心病狂的胡宾恼羞成怒，将两个已经无力反抗的人活活割颈杀死。

胡宾把俞建、李根拖到后座，搜遍了他们身上、包里，可都没找到那张 2000 万元的承兑汇票。无奈之下，他驾驶俞建的汽车来到九江某医院地下停车场，关上车门慌忙而逃……

从案发到破案，中间只用了 8 个小时。当天 23 时 10 分，陶春与队友解押胡宾回到大队，办好羁押手续，把胡宾送进了看守所。

回到办公室，陶春浑身冒汗，头昏脑涨。这时，他才想起，中午饭还没吃呢。

案子告破，可那张 2000 万元的承兑汇票究竟在哪里？陶春认为，一定是被俞建和李根藏起来了。

陶春过滤了每个细节，找遍了俞建的汽车所有可能隐藏物品的地方，都没有发现那张承兑汇票。

陶春肯定，俞建去胡宾办公室谈判前，一定把汇票带在了身上。但去胡宾办公室时，他应该是把汇票藏在自己的汽车里。可是，俞建的汽车已经被搜查了无数遍，都没找到汇票。

当晚，陶春找到俞建汽车的说明书，仔细研究汽车的造型，解剖汽车的组装结构。最后，他判断，那张承兑汇票还是很有可能藏在汽车里的某一个角落，且这个角落是一处特殊的装饰。

第二天一早，陶春再一次来到俞建汽车里细致查找，左敲右击，终于在汽车后座找到了一处暗格。打开暗格，那张 2000 万元的承兑汇票完好无损地躺在里面。

由此，俞建与李根对胡宾留了一手，可两人终究未能料到，胡宾竟然会设下死亡陷阱。

不久，胡宾被法院判处死刑立即执行。一张没有兑现的承兑汇票，断送了 3 条性命。

三

时针指向早晨 7 时。陶春刚刚吃完早餐，一个电话打破了他的正常事务安排，那天正是 2013 年 7 月 26 日。

"陶大，你快点来大中大商城，这里发生一起重大火灾命案。"陶春接到消防大队的警情通报后，二话没说，率大案中队警员 3 分钟赶到了案发现场。

案发现场位于浔阳区大中大商场的莱克斯顿服装店，现场有两具尸体，身上有多处刀伤，刀刀致命。消防官兵介绍，从接警到火灾扑灭，用了一个多小时，初步排查了房屋的电线起火和自燃引发火灾的可能性，经现场勘查，服装店里有多处起火点，汽油味仍未散尽。陶春果断判断，这是一起杀人纵火案。

两条人命葬送火海，案情重大。是谁如此心狠，下手如此凶残？陶春请求局长调集全局其他科所队骨干民警配合刑警大队排查嫌疑对象。陶春反复勘查现场，在排查案发现场周边居民时，他获得了一条重要线索，莱克斯顿服装店起火后，有人看见店里的刘裁缝冲出来往西街小巷跑了。

陶春速查刘裁缝的有关信息，得知其名叫刘之林，当即拨打他的手机，处于忙音状态。因案发周边公共视频不全，无从查获刘之林的去向。

"追捕刘之林！"陶春调集 100 多名民警，分成若干侦查搜捕组在九江城进行大搜捕。

刘之林的家人说，一大早他就骑电动车出去了，没说去哪里。

侦查一组摸排刘之林在九江市居住的家里人和所有关系人，它们均说没有见过刘之林。

"陶大，有人捡到了刘之林的手机，在南木湖附近。"正当焦急时，浔阳区派出所民警传来消息。

刘之林的手机出现在九江南木湖，给陶春打了一针兴奋剂。陶春判断，刘之林还活着，且正在往外逃窜。

刘之林会逃往哪里？他是怎么逃的？当天下午，陶春对刘之林逃跑的路线进行追踪，但没有收获。

刘之林老家在九江市都昌县，女儿在上海工作，兄弟姐妹都在珠海务工，还有几个亲戚也在广州市务工。当晚，陶春派出四个侦查小组火速赶赴九江都昌、上海、广州、珠海等地搜捕。

当晚 11 时许，各地搜捕组传来消息：刘之林在外地的亲友均没有他的消息。

考虑刘之林作案后会不会走极端自寻短见，陶春又派出专案民警找到刘之林老家多处祖坟墓地，但也没发现刘之林的影子。

"刘之林会不会畏罪跳江自尽？"有侦查员认为，刘之林承受不了两条人命的深重罪孽会寻短见。

"不！刘之林一定还活着！"陶春坚持自己的判断，坚信刘之林作案后一定会往湖北方向逃窜。

刘之林去哪儿了？陶春重新组织新的一轮警力在浔阳古城展开拉网式大排查，重点查控长江大桥的往来人员。然而，从浔阳区案发地到九江市区五湖三区，再到通往湖北的长江大桥，从周五案发到周六晚上均没有发现刘之林的踪影，搜捕一无所获。难道刘之林飞了不成？

周六晚，陶春办公室的灯光一直亮到天亮。陶春苦思良久，找了一辆与刘之林同类型的电动车，通过测算，刘之林的电动车只能行驶 38 公里。那么，刘之林极可能逃离长江大桥以外 8 公里，最终落脚点在湖北省黄梅县分路镇。

周日早晨，陶春调集所有刑警以湖北省黄梅县为中心周密排查。

一个意外消息让陶春兴奋不已。案发当天上午，一个灰头黑脸的男子，骑电动车通过长江大桥进入 105 国道黄梅县，在分路镇国道边一家小店铺买了一瓶矿泉水后往黄梅县城方向去了。经辨认，此人正是刘之林。

刘之林逃窜的方向确定，陶春率队对湖北省黄梅县的小池、分路、新开镇、巩垅乡沿途地毯式排查。

刘之林的脸上和身上烧伤严重，他必定会去医院治疗，否则，无法忍受烧伤之痛。陶春把侦查视点重点放在所有医院、诊所、药店。

周日上午，陶春率领专案刑警排查了黄梅县所有医院、诊所、药店，均未发现刘之林。

15 时许，陶春再次来到黄梅县人民医院重点一对一查核烧伤科住院患者。在烧伤科病房的走道，陶春一眼发现一个熟悉的人影，他迅速跑上前去挡住了那个患者，发现正是刘之林。

刘之林懊悔地说,案发后上午 10 时许他就化名唐民,来到了黄梅县人民医院烧伤科入院治疗,当发现有警察排查烧伤患者时,躲进厕所侥幸逃脱了搜捕。他没料到陶春会杀个回马枪,终于就擒。

刘之林是莱克斯顿服装店的一名裁缝,在服装店做裁剪师 6 年了。服装店生意一年不如一年,市场不景气,效益下降,老板要减员。刘之林经常偷工减料,私藏客户布料,导致客户投诉,影响服装店的名声,老板早就想要辞退他了。

2013 年 6 月底,女店长根据老板的意见宣布辞退刘之林,因此刘之林对女店长怀恨在心。回到家,刘之林把被辞退的消息告诉了他的妻子,妻子听见后不但没有安慰刘之林,反而数落他不好好做人处事,令人耻笑。父母听见后也谴责他做人太没有修养……刘之林窝了一肚子火,心生报复之念。

刘之林在家待了十多天,越想越气,便萌发了要置店长于死地的恶念。于是,他买了塑料桶、汽油,藏在家里的柴火间。

7 月 25 日晚,刘之林又遭到妻子的数落,心里特别不爽,整夜无眠。26 日早上,一夜未睡的刘之林心浮气躁,愤愤然起床,将那桶汽油放在电动车前座,朝浔阳大中大商场方向疾驰。

刘之林行驶到离大中大商场 400 余米的地方,把电动车停放在一条小巷子里,然后提着那桶汽油,直奔莱克斯顿服装店女店主的房间。

他打开店门冲进女店长房间时,女店长仍在睡梦中。他手起刀落,女店长惨叫一声,命绝刀下。

刘之林刚要离开女店长房间,在店里学徒的小姑娘菲菲听见惨叫声跑进屋来,当她看见刘之林持刀杀了人,吓得魂飞魄散。

"叔叔,你为什么要杀店长?"菲菲惊慌失措地问。

"她不让我活,我就要她死!"刘之林恶狠狠地说。

"你怎么可以这样？叔叔，你太狠了，我要报警……"天真无邪的菲菲转身想跑出屋子，逃离现场，却被刘之林追上，一把抓住后衣领，拖回屋里。

"你敢！"刘之林恶从胆边生，手起刀落，菲菲倒在血泊中，接着又朝菲菲身上补了两刀，一个鲜活的生命顷刻间被这个恶魔扼杀。

刘之林连夺两条性命仍不解恨，抓起那桶汽油，打开瓶盖，洒向柜台和衣服，掏出打火机，点燃后仓皇逃窜。

汽油轰然炸响，刹那间莱克斯顿服装店火光冲天，人们在惊慌中大喊救火。

天干物燥，火势凶猛，大火一下子蹿上了房顶。119接到报警后，消防大队官兵赶来奋力扑救，一个多小时后烈火终于扑灭。

刘之林躲闪不及，脸、双手、衣衫也都烧伤烧坏了。

刘之林受伤后冲出服装店，跑进小巷，骑上电动车往长江大桥狂奔。他骑到湖北黄梅县分路镇时，电动车没电了，他把车丢在路边，看见不远处有一家小杂货店，买了一瓶矿泉水，搭上一辆开往黄梅县的客车，来到了黄梅县人民医院烧伤科，谎称摩托车油箱爆炸烧伤，报了一个假名入院治疗。刘之林做梦也没想到，这么快就被九江刑警揪了出来。

报复、纵火杀人，连夺两条无辜生命，刘之林罪不可赦，走上了不归路。

四

浔阳区是九江市的中心城区，自古商贾云集，人口 40 万，外来流动人口有 20 余万人，治安管理一直是公安机关的重要工作内容。陶春担任刑警大队长后，率领一支钢铁般的刑侦团队，严防死守，侦破了20多年未破积案，抓获6名公安部A级通缉逃犯，打掉了外来犯罪团伙36个。

2016年2月22日早上，陶春刚到办公室，就看见一份公安部A级通缉令摆在他的办公桌上。10天前，南昌市湾里区太平镇发生一起故意杀人案，杀死一人重伤一人。通缉令载明，嫌疑人李明海于1999年9月24日在湾里区太平镇因与邻居发生纠纷杀死2人潜逃。2016年2月12日再次作案。背负3条人命、重伤1人的李明海可能坐一辆安义开往九江市的中巴车进入九江市。省厅指示，九江警方务必全力追捕凶犯，不得有误。

警令如山！陶春拍案而起。"既然来了，就绝不能让他逃出九江！"陶春掷地有声。陶春来到合成作战室，指挥图侦民警快速进入查控跟踪侦查程序，与逃犯李明海开始了追踪与逃窜的角逐。

九江市汽车南站是安义县至九江市的客车终点站。陶春率领副大队长李新以及20多名民警守候客车站，一双双如猎人般警惕的眼睛，盯住每一辆进站的车辆，注视着每一个出入车站的可疑人员，搜索民警不放过每一个细节，但始终未发现李明海的踪影。李明海没有进站是不是情报有误，或是李明海早有警觉中途下车逃跑？陶春认为，李明海没有进城，可能在城郊下了车，且正在寻找落脚的地方。

陶春找到了客车司机询问，司机清楚记得有一个男子在进城前下了车，但没有注意男子相貌特征。陶春决定从李明海的出发地到九江市落脚点搜寻李明海的轨迹。

陶春在调查李明海的运动轨迹中发现，有一个衣着打扮与李明海极其相似的可疑男子，头戴一顶帽子，背着一只有显著特征的双肩包，往九江南城方向走。这个可疑男子正是公安部A级通缉犯李明海。17 时 17 分，李明海步行 16 公里后，在九江市环湖东路的"大千世界"岔路口消失。陶春迅即率领警员来到李明海消失的路段调查，发现这个路段是九江市城郊区城乡接合部，并且人烟稀少。

陶春在各个监控点整整守候了 15 个小时。23 日上午 10 时 24 分，李明海出现在九江市老马渡步步高路口，然后又在十里大道与城区南路交叉处消失。按照时间推断，李明海在荒郊野地里过了一夜。

23 日 11 时 03 分，李明海在十里大道第三中学门口上了一辆 19 路公交车往北，下了车后接着换乘，在浔阳路文化宫公交站下车，下车后过了马路，然后在浔阳路烟水亭广场休息了半个小时。

李明海坐在一棵树下休息，把背包放在树边的围墙上，公共视频摄像头只能拍到他的那只背包，他处在摄像头死角中。

40 分钟后，李明海出现在公交站台附近，随后又消失在浔阳大道中，再也见不到他的踪影了。

李明海到底躲藏在哪里？毕竟离案发时间已经 12 天了，许多城区公共视频已经无法查询。

"李明海是一个穷凶极恶的杀人犯，有可能会继续犯案，我一定要把他找出来，绝不能让他在我手里溜掉！"陶春就像猎人，在九江城没日没夜地搜寻，所有参战的刑警都在高度紧张、焦急万分中期待奇迹出现。

"李明海逃入九江，就像一颗定时炸弹没有排除，我这个刑警大队长一刻也不得安宁。"陶春昼夜无眠，努力回忆嫌犯的行为特征，李明海的一举一动在陶春的脑海里一点点拼凑，一个个看似符合大多数人的思维方式，却有着十分异常的行为痕迹。

李明海没有想到陶春正在分析他的性格特点，用来判断他的行为方式，他更不会想到他的行为方式已经注定了他的归宿。

李明海窜入九江市后，在公共场合从不走大路，而是选择走小路……据此推断，李明海是一个性格偏执、不懂变通的人，从其两次杀人的动机研判，陶春对这个背负 3 条人命的嫌犯有了更深的了解。1999 年李明海与村民发生矛盾纠纷，不计后果杀死 2 人；2016 年春节因邻里纠纷再次杀人，从这两起案件的成因来看，都没有达到杀人的地步，充分说明李明海不善于与人交流，一切事情的解决，由心情而定，要么不去解决，一旦要解决就采取极端的方式。因李明海不太善于与人交流，陶春判断他不太可能坐着陌生人的交通工具离开九江市。

陶春安排民警查控浔阳区大街小巷的行人，以及城区所有的公共交通工具，侦查民警几乎找遍了九江市所有的街坊道路视频监控，均没有发现嫌犯的身影。案件进行到第三天，省市刑侦部门领导时不时督查进展，陶春深感压力巨大。

24 日上午 10 时，浔阳刑警大队合成作战室一片紧张而寂静的气氛，就是连一根针掉在地上也听得出声音来。突然，网监民警大叫一声，打破了沉寂："李明海在浔阳大道出现了！"整个合成作战室沸腾了，陶春盯着屏幕，心里的一块石头落了地。嫌犯从消失的地方再度出现，继续向北步行，此时此刻，陶春脑中产生一个疑问，李明海为什么从原路走出来，那么他的目的地又是哪里呢？陶春认为，李明海没有明确的目的地，但终极目的很明确，那就是远离案发地，所以他很可能急于离开九江市。

李明海向北步行，到了九江综合大市场，随即消失在城市公交站。陶春叫上侦查员小顾、小刘，迅速赶到城市公交站查访，在查嫌犯出现的公交站监控时，发现李明海朝九江市西南方向逃窜了，那儿是城外郊区，没有任何监控。李明海似乎是在与警方捉迷藏，声东击西。陶春做出了一个大胆的推测，李明海不会停留在城乡接合部，而是会不停向西奔逃，目标是瑞昌市码头镇，他很可能想躲避所有的监控，以达到消失的目的。

这一推测遭到其他办案民警的质疑，李明海从小生长在农村，不可能往城市里逃窜，极有可能躲藏在城乡接合部的白马湖村，将有可能长期隐藏下去，因此重点应该放在白马湖村。但陶春决定放弃对白马湖村镇周边村舍的布控，应该前往码头镇沿途循迹追踪。九江市至瑞昌市码头镇53公里，沿途均无公共视频探头，只有治安卡口。陶春沿途查找卡口点，不放过任何一丝可疑之处。

陶春率领李新和小刘自九江市出发，沿路30多公里，查看6个治安卡口，经过两个多小时的奔波，终于在5000余张治安卡口照片中找到了一张李明海下半身的照片。通过交通运输管理局得知，这辆班车是开往瑞昌市的客车。正是这张照片，确认了李明海从九江县逃往瑞昌市码头镇方向。有了目标，陶春催促小刘加快车速前进。

寒冬腊月，本是天寒地冻的日子，恰逢这几天气温异常升高，陶春已经五天五夜没好好休息了，双眼熬得通红，连日来没有洗澡，浑身散发汗臭味。为了追踪李明海，他一刻也没有放松过，一路奔波，尘土飞扬。陶春的心紧绷一根弦，绝不能让凶犯逃脱！

这一个多月来，妻子的腰椎病更严重了，她几乎天天躺在床上静养。女儿两次打电话来说妈妈腰疼得站不起来了，一天三餐的饭也做不了，女儿只能一个人到街上的饭馆去吃面，她上学也无人接送。有两次女儿用电饭煲煮的饭都是夹生的……陶春听见女儿的哭诉，不禁眼泪直流。

陶春85岁的父亲胫骨骨折住院4个多月，陶春惦记着父亲，为了破案子，总是深更半夜跑到医院来看父亲。母亲护理父亲时，也不小心摔伤。两个老人住进了医院，陶春多次想请假，却最终打消了念头，他只有请姐姐回娘家专门护理两位老人。他没时间陪护父母亲，时常感到内疚。想起躺在病床上的父母和妻子，陶春两眼湿漉漉的……小刘把车开得飞快，微风吹进驾驶室，困倦极了的陶春，不由得打起盹儿来了。

"嘀嘀……"两声喇叭响了，陶春缓过神来。

"陶大，我们到码头镇了。"侦查员小刘说。

"好，我们去派出所。"陶春跳下车，直奔码头派出所请求支援。陶春向码头派出所所长通报警情后，所长立即配合行动，将码头镇所有卡口公共视频全部调齐，陶春在茫茫人海中搜索李明海。20多分钟后，李明海被锁定藏在码头镇西街的一条狭长的小巷里。陶春与队员们经过五天五夜不眠不休的追踪，终于找到了李明海的落脚点，兴奋不已。

2月27日上午9时，陶春与队友在瑞昌市码头派出所民警的协助下，在码头镇西街一家小旅馆里，将逃窜15天的凶犯李明海抓获。

（本文嫌疑人均系化名）

红土地上铸警魂

春夏秋冬，数 5 月最美。

4 月绵雨把 5 月的天空洗得晶透，天空没有尘埃，蔚蓝。

多情的 4 月离去而让我独爱 5 月的炙热，瘦红肥绿的山川，恰到点睛之妙处。

5 月，井冈五百里红土长廊，桃红李白、嫩柳吐丝、莺飞蝶舞、绿野葱茏，漫山遍野的杜鹃花树青色苍绿，春意盎然。

井冈山下的永新，位于湘赣边界罗霄山脉中段，是井冈山红色革命根据地的重要组成部分，这里是湘赣两省红色革命根据地中心。当年，湘赣省委就驻扎在这里，"三湾改编"和"龙源口大捷"成为中国夺取革命胜利举世闻名的历史篇章。

1927 年 9 月 29 日至 10 月 3 日，毛泽东在永新县三湾村领导了著名的"三湾改编"，从政治上、组织上保证了党对军队的绝对领导，是我党建设新型人民军队最早的一次成功探索和实践，标志着毛泽东建设人民军队的思想开始形成。从大革命时期到新中国成立，永新涌现许多革命志士。

永新人文鼎盛，走出了王恩茂、"佛光"将军张国华等 41 位开国将军，在这块红土地上处处遗存着毛泽东、朱德、陈毅等老一辈无产阶级革命家的光辉足迹，他们为中国革命胜利做出了丰功伟绩。

午后的阳光热烈而柔和，永新县的三湾公园一片翠绿，乡村街巷，阳光祥和。巡警严鑫从三湾公园巡逻回来，浑身热气，小伙子腼腆憨厚，脸上透露出十分率真的坚毅。严鑫听说有人来采访他，脸上露出惊讶的笑容。

"我没有可以采访的，你们去采访刑警大队的同事吧，他们有许多好事迹、好典型。"

"我是专程来采访你的，你就别谦让了，我来看看你受伤的手。"严鑫的左手是七级伤残，至今依然无法伸展。严鑫挥了挥他受伤的左手："那天晚上我没有顾及那么多，一心只想要抓住那个毒贩。"

那是一个月黑风高的夜晚，永新县三湾公园一片漆黑，伸手不见五指。正在大街步巡的严鑫突然收到精准情报，有人将在三湾公园附近交易毒品！

三湾，红色圣地，岂容毒贩玷污！

黑夜中，一辆小车亮着刺眼的白光，直奔三湾公园路口停下，灯熄后，驾驶员从车窗探出黑脑袋四周张望，仿佛在寻找什么……

便衣协警曾俊杰直接与毒贩"交易"，讨价还价……严鑫与战友悄悄从三面包抄毒贩。毒贩达成交易，企图发动车辆离开，曾俊杰亮明身份，命令毒贩下车，可毒贩惊魂不定，瞬间发疯似的挣扎，打开车门往三湾公园黝黑的小道狂奔……

严鑫以百米冲刺的速度，挡住毒贩的去路。丧心病狂的毒贩转身抽刀砍向后面追来的协警曾俊杰，寒光闪过，曾俊杰"哎呀"一声，"他有刀，严鑫注意！"曾俊杰头部遭到拳击，右手被刀刺伤，他提醒战友后晕倒在地。

　　惊慌失措的毒贩刺伤曾俊杰后，往右冲突，被迎面而来的巡警胡顺挡住，毒贩挥刀就刺，胡顺左手受伤，血流不止。黑暗中，严鑫为了战友的安危，就像一头猛虎，奋不顾身扑向毒贩，与毒贩展开了殊死搏斗。毒贩因急于逃跑又持刀刺向严鑫，一股旋风扑来，严鑫侧身闪过，用左手护住胸部，但尖刀落在他的左上臂，顿时严鑫的左上臂皮开肉绽，血流如注。

　　黑压压的三湾公园一片死寂，夜色裹着罪恶。毒贩连刺两名警员，亡命向公园深处逃窜。严鑫顾不上左手臂的剧烈疼痛，朝着黑影奋起追击，30米、20米、10米……放下刀！毒贩持刀再次刺来，生与死的较量，罪恶与善良，严鑫只有一个信念，死也要拖住毒贩，绝不能让他逃离三湾公园……严鑫左挪右腾，与毒贩周旋，严鑫瞅准瞬间机会，一掌击飞了毒贩手中的匕首。战友赶来了，毒贩被牢牢地戴上了手铐！正义战胜了邪恶，毒贩终于落网。

　　鲜血染红了三湾红军路，严鑫一路流血不止，左手臂剧烈疼痛，因失血过多休克，生命危在旦夕。巡警大队火速将严鑫送进永新县人民医院抢救。医生检查后告知，刀伤触及左臂骨腱，医疗设备有限，需转吉安市人民医院治疗。当晚，永新县公安局局长政委带队，将严鑫紧急送至吉安市人民医院医治，可是，医生检查说，严鑫的左手臂伤及神经，因医疗条件有限，必须送往省城大型医院治疗，于是，严鑫被连夜送往南昌大学第二附属医院治疗。

　　"曾俊杰呢，他怎么样了？毒贩抓到了吗？"严鑫在医院醒来的第一件事是问身边的战友。身处危境，严鑫首先想到的是抓到了毒贩没有，关心的是同事的安危。

　　医生告知，严鑫的左手将要废了。

　　局长、政委不甘心，从上海华山医院请来了神经科权威专家为他做了神经接合手术……

7个月后，严鑫伤情基本稳定，法医鉴定，七级伤残！严鑫面对疼痛和手术后的伤残显得很淡然。亲友劝他别做警察了；同事们劝他说别做特巡警了，风险太大，组织上领导也找他谈话，要为他换一个轻松的岗位，可是严鑫婉拒了领导和亲友的好意，面对伤痛，严鑫坦然接受，他没有退却！他说，我热爱警察这份职业，选择了，就不会因挫折和危险而退却。

严鑫受伤，父母十分痛惜。严鑫家住吉安县，距永新60余公里。他从小就有当一名警察的梦想，大学毕业后选择了永新这块红土地，坚守警察这份职业，5个春秋。沿着红军路，严鑫默默坚守着一方净土，延续了红军将士的光荣传统。公安战友尹军回忆起当晚的情景说，严鑫就像当年的红军战士，不怕牺牲，浴血战毒贩，舍身斗凶徒。

"我的摩托车不见了，严警官，你为我找找吧？"居民谈贼色变，众议问责，期待与诉求，如何抓贼、防贼，保一方平安，是摆在巡防大队民警面前的重要议题。根据大队领导的安排，严鑫临危受命，潜入案发频繁地段实行守伏。

腊月隆冬，寒风刺骨，冰冷的露水沾在脸上，滑入身体，令民警们浑身颤抖。功夫不负有心人，严鑫十天十夜蹲守，昼夜寻踪觅迹，盗贼匡某终于被严鑫抓获。经过连夜审讯，匡某交代了自己和同伙的罪行。严鑫等办案民警又继续作战72小时，将盗、销摩托车的5名嫌犯一网打尽，继而又以迅雷不及掩耳之势将以盗养吸、以贩养吸的13名嫌犯林某等人一网打尽，缴获冰毒、麻古等毒品30余克。

5个春秋，严鑫周而复始在读写永新的大街小巷，生与死的考验，与毒贩较量，与偷盗抢犯罪斗智斗勇，一次次的历险，让他感受到了一个警察的使命荣光。

那是一个深冬的早晨，雷雨大作，一名70多岁的老妪在永新市政广场冻得瑟瑟发抖，已连续巡逻十几个小时的严鑫又困又累，眼皮都在打架，见状赶紧将老人扶上警车，开足暖风，为老人暖身子，回到巡防大队后买了早点给老人吃，然后驾着自己的私家车几经周折，将老人安全送回家中。老人的子女还来不及感谢，严鑫就离开老人的家，走进雨雾中……

又是一个腊月的早晨，居民张金骑摩托车在东里桥头拐弯处超速倒地不省人事。严鑫巡逻路过此地，发现张金已双脚骨折，无法站立，他毫不犹豫背起张金送往医院救治，垫付了住院费，严鑫通过张金的手机找到了其家属，待其家属赶到后他悄然离去。两个月后，张金痊愈苦苦寻找并在机缘巧合下，终于得知救命恩人就是严鑫。"群众利益无小事，服务群众不难，难的是要做到细，细到无缺陷。"严鑫如是说，他就是常存赤子之心，细致入微，温暖如春。

90后的严鑫，用热血和青春擦亮警徽，沿着红军走过的道路一步一个脚印地勇往直前。从警7年，他直接抓获各类违法犯罪嫌疑人360余人，参与破案180余起，他的言行感动了局领导，感动了永新县40余万人。2013年他被江西省公安厅荣记个人二等功，同时获得吉安市政法系统十大爱民模范称号，荣获江西省公安系统先进工作者称号。7年来，严鑫用实际行动证明，他无愧党和人民的忠诚卫士，井冈好儿郎。

金色的阳光，照在大地，清风习习，严鑫手持冲锋枪，迈着矫健的步伐，巡回在永新的大街小巷，红军路上，留下了严鑫一串串踏实的脚印，三湾路上，长长的背影永不停息……

警界"捕快"

　　刑警，一个响亮而又陌生，熟悉而又神秘的名字。对于局外人来说，一提起刑警，眼前总会浮现这样的画面：一身威严的警装，智勇双全，铁骨铮铮；一身浩然正气，高大俊朗，虎虎生威。他们面对危难险阻临危不惧，身手不凡；他们面对疑案迷雾寻踪觅迹，剥茧抽丝。有刑警就有精彩的故事，有刑警就有炽热的警魂。有人把刑警比作奔驰的战马，也有人把刑警比作一把锋利的剑。而他就像驰骋在大江南北的一匹勇猛的战马，手持利剑"倚天除魔"，这就是从警 16 年的刑侦专家、追逃能手、二等功臣彭洲华。

警界"捕快"彭洲华

　　2011 年 5 月 26 日下午，随着公安部的一声号令，一场规模空前、声势浩大的代号为"清网行动"的缉捕网上逃犯的"追逃战役"在全国各地骤然打响。

　　遂川 137 名逃犯，占江西省吉安市总逃犯 1050 名的 13%，居吉安市县、市、区之首，被江西省公安厅列为挂牌督办重点县，任务艰巨、形势逼人，从局长到基层民警，顿感空前压力！

此刻，与全国各地公安机关同步，遂川县公安局指挥大楼也突然间繁忙起来。每日里，只见楼前警车呼啸、警灯闪烁；楼内电话铃声不断、此起彼伏。一个个公安民警行色匆匆、健步如飞。他们神情冷峻、往来穿梭。此时，人们发现，局长办公室的灯光常常彻夜不熄，政委的电脑键盘也整日敲击不停。局党委安排做动员、制方案、设机构、大清查、贴通告……

随着无形的电波，一道道追逃指令从这里传出，一项项科学决策从这里发布。时间紧、任务重，行动中，全局警力全力以赴投入。全局上下周密部署、精心策划，各警种积极配合、协同作战。根据上级指示，充分利用各种现代化侦破手段和技术广泛搜集信息，对确定的网上 137 名逃犯实施了"地毯式"搜索。

"困难无我，我无困难""抓劝并举、缜密侦查，合理部署、以劝开路，先劝后抓、先易后难"，向追逃战役发起总攻，剑锋所指，所向披靡、势如破竹。

两天三自首

10 月 25 日清晨 6 时许，天边刚刚透亮，彭洲华率领 5 名刑警悄悄摸进了江西省丰城市洛市镇一家煤矿……

几十个钟头后。

"舒小宁！"

"哎！"

随着这一声条件反射式的应和，涉嫌抢劫、盗窃、销赃的网上逃犯舒小宁束手就擒。至此时，追逃民警在煤洞口已经苦苦蹲守了 5 个多小时。

此刻，舒小宁一身漆黑、满脸污渍，刚从煤洞口走来，万万没料到一名追逃民警一个漂亮的闪电般擒拿式，将他双手反锁，一副锃亮的手铐戴在了他的手上，结束了他 10 年来颠沛流离、背井离乡的逃亡生涯。

擒拿逃犯的民警是遂川县公安局刑警大队教导员、专业追逃队队长彭洲华。他一米六七，精神抖擞，做事干脆利落，行动快捷灵敏；别看他个子不高，却是能说会道、精明强干；别看他瘦小体单，却是英勇善战、智勇双全。

而已经逃亡 10 年的舒小宁却是一个生性狡诈、诡计多端的逃犯。10 年前的那一幕，让民警无法忘怀……

麻岭山道，地处江西南康与遂川 105 国道交界处，这里地形复杂，山道转弯抹角、险象环生，沿线人烟稀少，路陡车多。2010 年 2 月 25 日，舒小宁就是利用这种人流复杂、交通便利的条件，在上午伙同他人抢劫过往车辆司乘人员的财产 2000 多元，打伤 2 人。下午 3 时，这 4 人又窜至遂川县盗窃 3 辆摩托车，然后销赃到广东等地，从中牟利。案发后，警方全力侦查，4 名疑犯除 1 人归案，舒小宁和另外 2 名案犯如泥牛入海，一逃就是 10 年。

"清网行动"后，追逃民警屡次三番实施抓捕却无功而返，与其家属沟通，规劝其投案自首，却屡遭拒绝而未果。

于是，彭洲华对舒小宁逃跑线路和可能藏匿的地点进行研判。白昼，他率领队员奔走千里，不辞劳累追寻踪迹；黑夜，他挑灯夜战，筛选海量信息，精心分析。

研判、分析，再研判、再分析……

终于，舒小宁在"江西煤田"丰城市洛市镇露出了马脚。

10 月 25 日 13 时 35 分，丰城洛市煤矿。彭洲华看见一名矿工正蹲在一旁吃午饭，便凑过去找他闲聊，趁机打探虚实。

"老乡，请问一下，你这里有没有赣州人在这儿上班？"

"有哇，是有个叫舒小宁的，马上要出来了。"矿工指了指洞口。

矿工们吃完饭都离开了煤矿洞口，各自忙活去了，而彭洲华与4名刑警却死死守了5个多钟头，舒小宁一出现，彭洲华一个箭步轻而易举拿下了他。当把舒小宁押解回到遂川时，时钟指向21时10分。

审讯，深挖。舒小宁向彭洲华提供了一条涉嫌强奸犯罪的罗某与刘某躲藏在泉州市打工的线索。"事不宜迟，追！"彭洲华兴奋得拍案而起。

23时许，彭洲华与4名队员在遂川县街道一家小餐馆扒拉几口淡饭，驱车500多公里赶到了福建省龙岩市。

福建龙岩某旅馆。

天灰蒙蒙、黑漆漆一片，尽管是隆冬腊月，在福建龙岩这座城市里，冬天的寒冷似乎没有江西来得强烈。

单价70元一晚的简陋小旅社里，摆放着几件泛着灰尘的陈旧家具，一台没有遥控器的电视机，彭洲华与追逃民警正在认真地拿着逃犯资料做详细的分析研判。彭洲华眉头紧锁，眼睛死死盯着资料，时不时还自言自语似的发出些声响，迫切地希望从这堆如小山的材料中寻找到一些蛛丝马迹。此时已是半夜1时30分。

"终于找到了！彭教，你来看看是不是这个号码。"惊叫的人叫作王强伟，刑警大队一名精干的侦查员，由于他破案出色被抽调到专业追逃队，已经在外奔波两个余月了。

"对！就是这个，看来这人和舒小宁很熟悉，电话次数在这堆号码里是最多的。好样的，强伟！"彭洲华高兴地拍着他的肩膀笑着说。

根据研判，彭洲华发现逃犯舒小宁经常与刘某、肖某联系。

刘某、肖某此时正在龙岩一家煤矿挖煤。

第二天天还没亮，彭洲华与3名民警早早起床，悄悄潜入林坑煤矿与矿主进行了秘密接触。

"你好，我们是江西的公安民警。请问你认识照片上这个人吗？"

矿主接过照片，眼睛一亮，胸有成竹地说："认识呀，这两个人就在我矿区干活，现在下井作业去了。警察同志，我这就带你们去找他。"

煤矿洞开，刘某、肖某还没反应过来，就被4名民警摁倒……当晚，2名涉嫌强奸、盗窃犯罪的网上逃犯迫于政策的感召投案自首。彭洲华施展柔功又突破了两名逃犯的防线，通过真情规劝，使逃了11年涉嫌抢劫犯罪的网逃人员曾樟生自首。

首战告捷。彭洲华对重点逃犯重新梳理线索，整合信息资源，寻找下一个逃犯的轨迹。

彭洲华打开逃犯名册，"刘民警"这个名字跃然纸上，他仔细查阅着刘民警的案情，心里就像吃了苍蝇。

那是2002年9月10日晚，夜阑人静，秋高气爽。游手好闲的刘民警看见一女子柯某有几分姿色，便邀上3个好友以吃夜宵为名将柯某骗至遂川县城一家旅馆，4人不顾柯某强烈反抗，对其实施轮奸。

案发后，其余案犯在这10年间都已陆续被抓捕归案，并被法院判以重刑，可刘民警却整整10年未曾露面，就像人间蒸发了，杳无音信。整整10年来，逃犯名册换了一本又一本，而刘民警的名字始终在第一页显眼位置，警方多次研判均不知其下落，没有任何线索。当天15时，彭洲华从遂川看守所提审所有对刘民警可能知情的人员，摸到了一条重要线索：刘民警在广东省东莞市做汽车修理工，很可能已娶妻生子……

21 时 20 分，彭洲华不顾两天三夜的艰辛苦战，率队驱车连夜赶赴广东省东莞市对刘民警进行摸排。

经查，刘民警在东莞市寮步镇一家汽车修理厂做工，并且深居简出、深藏不露。

寮步镇是东莞市的汽车城，人多地广，外来务工人员密集，要寻找一个修理工无异于大海捞针。

刘民警肯定有工友，只要找到他的工友，再找刘民警就易如反掌。

彭洲华深入细致地研判分析，发现一个东莞号码在上班时间与刘民警联系频繁，使用位置与刘民警的手机号相同，拨打此电话，一段"某某汽车公司……"的彩铃让抓捕刘民警的工作进入快车道。

24 时许，在东莞警方配合下，彭洲华突奔东莞市寮步国际汽车城某品牌汽车售后服务车间，成功将化名为"刘渭荣"且逃亡10 年，涉嫌强奸犯罪的刘民警抓获归案。

穷追不舍

深圳工厂林立，茫茫人海，芸芸众生，要在大千世界寻找一个刻意隐藏的逃犯犹如大海捞针！清网战场千变万化，只有斗智斗勇才能取胜。彭洲华咬定目标，穷追不舍，不到黄河心不死。

于是，彭洲华绞尽脑汁自创了"劳动保障所问卷调查追逃法""快递员追逃法""无间道追逃法"，三法齐下，如虎添翼。

何谓"劳动保障所问卷调查追逃法"？即在摸清逃犯的一些密切关系人后，从中分析出可能同厂的密切工友，随后装扮成劳动保障所工作人员打电话给工友，以调查工厂是否签订劳动合同、拖欠工资等，对关系到工人切身利益的话题进行询问，以便了解工厂的各种情报信息，从而追踪逃犯的落脚点。有时打扮成邮递员，有时化身为打工者，与工人拉家常，获取工人信息……此招屡试屡灵，流动"劳动保障所"从福建办到广东，效果出奇地好，湖南、四川等省市的追逃同行纷纷效仿起来。

逃犯郭耀有于 2007 年 10 月 17 日将受害人熊某带至遂川县草林镇一家旅店强行与熊某发生性关系，且致熊某怀孕。案发后，郭耀有一直隐姓埋名消失得无影无踪，没有任何踪迹。

追捕逃犯郭耀有让彭洲华费尽心机，几度搜捕均因其狡兔三窟而擦肩而过。

第二天早晨 6 时许，只睡了 4 个钟头的彭洲华从被窝里一跃而起，洗漱完毕后，又坐在电脑前，对有关数据进行最后分析判研。

7 时许，彭洲华惊喜地叫醒同事："快，郭耀有可能去厚街镇了，我们赶快行动！"几分钟后，彭洲华下楼发动了警车，待两名民警上车后，他驾驶警车直奔东莞市厚街镇。

两名民警大惑不解，为何抓大朗镇的郭耀有要跑到厚街镇去？

彭洲华对两名民警说："郭耀有老家的儿子在时刻打探公安机关的追捕动态，我们必须反其道而行之！昨天我们用劳动保障法摸清了郭耀有的工作地点，但他却在大朗镇躲了起来。在大朗镇他有不少朋友，我们没办法搞清他的落脚点，我们就要让他知道我们在大朗找他，让他动起来，离开他的窝点，他的活动范围就会暴露了。我根据情报分析，他极可能会到厚街镇他情妇的哥哥家躲藏，我们就来个守株待兔吧！"

11 月 21 日早上 8 点钟，厚街镇人来车往、熙熙攘攘、人头攒动，正是上班高峰期。令人叫奇的是，当彭洲华与两名民警刚刚到达厚街镇时，彭洲华老远就看见郭耀有手牵着情妇从大朗镇方向跑过来。彭洲华与王强伟、彭卫红3名民警从三面包抄而去，郭耀有与其情妇小玉还没明白过来是怎么一回事，就被彭洲华一把擒住，戴上手铐，跟随民警乖乖上了警车。民警王强伟说："彭教，你真是个神算子，能掐会算哪！"

见义勇为

彭洲华率领追逃队4名民警隔三岔五奔波在广州市与东莞市之间，追逃路上险象环生，他们依旧挺身而出，义不容辞。

2011年11月24日上午9时许，彭洲华驾车从东莞市赶赴广州市追逃，当车行至东莞市东城路与旗峰路相交的路口时，突然听到旗峰路不远处几辆小汽车紧急刹车的声音，彭洲华循声望去，竟然发现在车水马龙的旗峰路上有一个两岁左右的小女孩边哭边横穿马路……

此时此刻，路人惊魂未定，稍有不慎，小女孩的生命危在旦夕。看到如此险情，大家惊出了一身冷汗，旗峰路在东莞东城市区系一条主干道，双向六车道，过往的车辆络绎不绝，此刻，彭洲华不顾一切，赶紧将车停在路边，冲向公路中间，将汹涌而至的双向车流生生地挡住，迅速将车海中的小女孩抱了起来，司机也极其配合地让开一条道，彭洲华将小女孩抱到公路旁边的人行道上。

或许是迷路，或许是被汹涌的车流吓坏了，此时的小女孩只是不停地大声惊叫，既不让民警抱，也不认警车，只知道在地上打滚，根本无法交流，小女孩的身份一时无法了解。

为尽快找到小女孩的家长，彭洲华一边拨打当地的110求助，一边让小女孩安静下来，抱着女孩沿着旗峰路沿途打听，终于在转过几个路口后，有个路边的老妇认出这个小女孩是居住在城中村社区的。在老妇的帮助下，彭洲华费尽心力将这个小女孩安全送回家。

小女孩的父母和外婆一起在城中村租了两间小屋，父母每天早出晚归打工，家中只有外婆带小女孩，直到小女孩安全回到家，年迈的外婆还不知小女孩已走失。当了解到刚刚发生的惊险一幕时，外婆不停地说："感谢江西警察，感谢你们了！"

彭洲华东莞见义勇为的壮举感动着东莞市民。

泪别妻儿

2011 年 11 月 27 日，"清网行动"进入攻坚阶段，彭洲华正在广州市追捕逃犯付宗荣，突然接到妻子的短信："我住院了，明天要做手术。"此时此刻，远在千里之外的彭洲华心急火燎，压力与日俱增。压力一方面来自逃犯未归，迫在眉睫；另一方面来自家庭，妻子手术自己无法照顾。

彭洲华已经一个多月没有回家与妻儿老小团聚了，妻子长了肿瘤，时常痛苦不堪，急需手术治疗，而追逃工作一时半会儿脱不开身，急得他像热锅上的蚂蚁。体贴、理解丈夫工作的妻子打电话对彭洲华说："你放心追逃吧，我没事。别看我个子小巧，内心还是很强大的。"彭洲华对妻子的理解和支持，感激得眼泪夺眶而出……

10 岁的儿子听见爸爸妈妈的对话，便对彭洲华说："爸爸，你放心吧，我学会了做饭，我会做饭给妈妈吃，我会照顾好妈妈的，你就放心去抓坏蛋吧……"听见天真无邪、活泼可爱的儿子的话，彭洲华的眼泪再次掉下来……

妻子和儿子的理解支持，使彭洲华感受到无穷的力量。每天

201

临睡时他才打一次电话给妻子，询问她的病况，深明大义的妻子毫无怨言，只是不停地叮嘱彭洲华要注意安全。此时，"粗心"的彭洲华才体会到妻子既担心自己的病情又担心丈夫的安全，妻子独自承受了巨大的压力，那是何等的不易呀！

　　彭洲华上有 70 多岁的父母，下有妻小，是家庭的顶梁柱，妻儿老小的牵挂。妻子说，自从嫁给彭洲华那天起就没有轻松过。她说：他的手机是 24 小时开机，随时待命，有案件立刻奔赴现场，没有白天黑夜之分，更别提双休日、节假日了。这些年来，已经记不得多少回了，约好了去哪儿玩散散心，可结果突发案件，他只能失约。和朋友聚会，他接到电话立马就走更是常有的事。

　　她说：我最怕听到他的电话声，电话一响，无论他在什么地方，在做什么，全部放下，第一时间赶到现场去，之后就是没日没夜的奔波。很多时候明知他在遂川但就是见不了面，他深夜回来时我睡着了；他起床时，我已经在上班的路上了。

　　她说：长久相处，从开始的抱怨、不解到现在的逐渐习惯，甚至可以说是麻木了。每次发案，他都是在和穷凶极恶的犯罪分子打交道，我曾经问他警官证上为什么都印有他们的血型，他随口打了个岔没有回答我，我知道他是怕我担心，上面印了血型是可以让受伤的警察第一时间得到及时的救助。每次他出差，我的心都是悬着的，接不着他的电话根本就无法入睡。那种漫无边际的担忧真让人心力交瘁！

　　她说：追逃一个多月了，他一天都没有休息，早上 7 点多起床，每天凌晨回来时双眼总是布满了血丝。因为工作经常熬夜，高强度高压力，吃饭时间不固定，导致胃炎频发……这就是一个刑警妻子眼里的彭洲华！

　　11 月 28 日早晨 6 时 10 分，彭洲华从广州市心急火燎地赶回遂川县人民医院看望躺在病床上的妻子。下午 1 时许，妻子做完手术后，彭洲华连家也来不及回，泪别妻儿，又驾车踏上了广州追逃之路。

锁定逃犯

彭洲华率领追逃专业队 4 名民警，穿梭在深圳、广州、东莞、揭阳、中山之间，风餐露宿、披星戴月，为了方便办案和节省时间，他们常常吃住在车里。由于经费紧张，他们常常一袋方便面、一袋咸菜、一瓶矿泉水就把自己打发了。终日奔波使他们睡眠不足，平均每天只能休息四五个小时，车子就成了追逃队临时的家兼流动办公室。有时，为了一个问题或一个方案，他们竟然要在这个家里争得面红耳赤，直到彭洲华拍板，才能最后决断。为了抢时间，只要有逃犯的一丝消息，他们就迅速出动，从不放弃。

2011 年 11 月 28 日下午 1 时 10 分，彭洲华泪别手术后的妻子后，再次匆忙南下广东省追逃。警车刚驶上遂川境内大广高速，彭洲华得到情报，涉嫌强迫交易罪的网上逃犯刘绪长在广州市现身，但很可能马上就要转移藏匿地点。

此时，全国各地追逃工作紧锣密鼓，追逃民警一步一个脚印，步步紧逼逃犯窝藏之地。刘绪长是井冈山市人。2001 年 10 月 10 日凌晨，刘绪长等人强迫九江熊某强买深山含笑种子，涉嫌强迫交易罪，案发后，逃之夭夭，公安机关多次组织抓捕都无果。

"时间决定成败！必须尽快赶到广州市实施抓捕！"接到情报时，正是下午 1 时 20 分，此时此刻，彭洲华与 3 名民警离广州市还有 500 多公里路程，如果不及时赶到广州市，将要失去抓捕刘绪长的最佳时机。

"追!"彭洲华说罢,以娴熟的技术驾驶警车风驰电掣般驶向快车道……

大广高速车流如织,路途险象环生,彭洲华顾不上吃中饭,两眼炯炯有神,紧握方向盘,丝毫不敢怠慢,以 120 公里时速左冲右突,一路马不停蹄地往广州市疾驰……

傍晚 5 时 20 分,彭洲华以最快的速度赶到了犯罪嫌疑人的藏身之地——广州市白云区犀牛角村物流市场。

早已在犀牛角村物流市场等候彭洲华一行的广州市警方,对彭洲华这种敢于拼命的精神,敬佩地伸出了大拇指说:"彭教,4 个小时就到了,你真是拼命三郎啊!"逃犯刘绪长所藏匿的区域是一个城中大村,范围广、流动人口密集,在茫茫人海中找其下落极其不易。到达犀牛角村物流市场后,彭洲华迅速部署围捕计划:"强伟,你在犀牛角村的公交站台上蹲守。左勇,你到村后街断路,我到村里去寻找刘绪长。"安排好随同而来的两名民警前后堵截后,彭洲华独自一人一边在村中徒步寻找目标,一边通知在东莞搜捕的两名民警尽快赶到白云区犀牛角村物流市场援助。

犀牛角村物流市场是一个大型的综合物流市场,来自全国各地的货运车辆来来往往,人员复杂,要在纷繁复杂的物流市场寻找一个 10 多年没打过照面的逃犯谈何容易?

彭洲华在物流市场寻寻觅觅,一双锐利的眼睛不放过任何一个可疑之人。

犀牛角村北路口小街,一个说话带井冈山口音的人正在打电话。

说者无意,听者有心。此人的口音引起了正从此地经过的彭洲华的高度警惕,尽管此人系扫地工人,头戴草帽,与照片上的逃犯不太像，但是他通过对乡音的敏锐分辨，判定此人就是逃犯刘绪长。

当王强伟与东莞的民警赶到增援时，彭洲华一个漂亮的擒拿动作，把刘绪长按倒在地，逃了 11 年的逃犯刘绪长束手就擒。

刘绪长被擒后，广州警方的民警好奇地问彭洲华："你怎么两个小时内就把逃了 11 年的逃犯在人海中找到了？"

彭洲华说道："少小离家老大回，乡音无改鬓毛衰。"他说平时跟井冈山公安局的民警打交道多了，井冈山口音深深烙印在他的脑海中，当他与刘绪长擦肩而过时，敏感性极强的他立即分辨出来此人正是他要寻找的逃犯刘绪长。这正是"踏破铁鞋无觅处，得来全不费工夫"。

四赴东莞

逃犯刘绪长归案，离"清网行动"完成 90% 目标只有一名之差。

此时，正是 11 月 29 日 19 时 50 分，广州市公安局的同行热情邀请彭洲华一行留下来吃个晚饭，被他婉谢了。时不我待，刻不容缓，时间就是胜利！

逃犯未归，民心不安。

遂川，360 多名民警在等待，56 万多人民在期望。彭洲华深感肩上的压力如山一样重。在他的脑海里有一名印象很深且民愤很大的逃犯仍在逃。

8 年前的一个秋天，鄢华生因小事与人结怨，在县城大街众目睽睽之下持刀将他人砍成重伤，并误伤多人，造成极大的社会影响。案发后，鄢华生畏罪潜逃，这一逃就是 8 年。

"争分夺秒，一刻也不能停留，赶紧往下一个目标追！"彭洲华打开手提电脑，翻开已经烂成两半的笔记本，与民警王强伟和彭卫红说："我们必须四进东莞长安，去抓捕涉嫌故意伤害罪的鄢华生。鄢华生不归案，对不起遂川的父老乡亲。"20时许，彭洲华率领两名追逃民警驾车赶赴东莞市。21时许，彭洲华率领追逃民警到达东莞长安镇，长途劳顿，一刻也不休息，打开电脑对鄢华生及关系人进行分析研判，搜集大量信息后，部署下一步搜捕行动。

11月30日早上7时，彭洲华对鄢华生所有联系人的固定电话进行摸排，一天下来走访相关公司、商店30多家，可一直没有鄢华生的踪影。

深夜24时，眼看所有的线索将要中断，追逃队员有些心灰意懒，彭洲华鼓励大家不要泄气，只要有一丝希望，绝不轻易放弃。

果然，12月1日傍晚，一个固定电话使抓捕行动峰回路转。在排查秦隆百货商行时，彭洲华拿出逃犯鄢华生的相片给老板看，老板说相片里的人他见过，应该是租住在商行附近的出租屋。

功夫不负苦心人，追捕行动柳暗花明。不一会儿，彭洲华准确地摸排到了鄢华生的租住屋，但平时游手好闲的鄢华生并不在出租屋。

彭洲华决定守株待兔，等鱼上钩。

当晚，东莞大降温，细雨霏霏，气温零下2摄氏度，东莞大街上只有零星的人和车，冷风袭人，彭洲华与追逃队员冻得浑身发抖。彭洲华与3名民警顶着寒风蹲守到天亮。

12月2日上午8时许，鄢华生兴致勃勃地从外面回到租住房时，彭洲华与队员扑上去将其扭住。刚刚把逃犯鄢华生安顿在旅馆准备休息时，彭洲华又接到了追逃指挥部的情报反馈，网上逃犯苏军有可能藏匿于广东省揭阳市，要求追逃队迅速赶到目的地。两个昼夜的蹲守，追逃民警已经筋疲力尽，但有逃犯情报反馈的消息，彭洲华不顾疲惫，立即驱车300多公里赶往粤东——广东省揭阳市。

逃犯苏军，外号"阿军"，遂川县大坑乡高倚村人。2008年11月因伙同他人盗窃摩托车，被列为网上逃犯。警方多次追捕未果，一直外逃隐藏不露。

当晚，彭洲华将苏军的各种情报进行汇总后，确定苏军就是在揭阳经常上网的"周某"。彭洲华立即与揭阳东山区刑警大队吴大队长取得联系。

次日18时许，苏军现形，东山区刑警大队接到求助协查后派出得力民警协助。

20时20分，网上逃犯苏军在揭阳市一网吧被揭阳警方成功抓获。办理好移交手续后，已是晚上9时，此时，彭洲华和队员们疲惫不堪，当听见有局里的同事在广东河源市追逃要回遂川时，驾车往返400多公里，将苏军交给在河源市追逃的同事解押回遂川。然后，又不知疲倦地赶往深圳市——寻找下一个逃犯付宗荣的下落。

民警王强伟仔细算了一下这几天来的路程，笑着对彭洲华说："彭教，我们一周抓了3个逃犯，两天行了3000余里，创下了追逃史上之最呀！"

寻踪觅迹

彭洲华到达深圳市后发动了多方力量，对10年前涉嫌抢劫犯罪的付宗荣展开了周密广泛搜捕，可是，7天过去了，一直没有付宗荣的任何信息。

"付宗荣生性狡猾,潜逃多年,有丰富的逃奔经验,他是一个隐姓埋名、性情多变的逃犯,我们必须下苦功才能抓捕他归案!"彭洲华对同来的民警做动员。

办案民警依稀记得,2001年1月5日,付宗荣伙同他人在105国道遂川于田路段持铳对一过往客车司机实施抢劫。案发后,所有涉案人员均离家四散逃窜,由于案情严重,付宗荣在案发后畏罪潜逃,此后杳无音信,就像人间蒸发了一样。

2001年12月8日早上8时,彭洲华乔装成打工人员,混入遂川民工队伍,终于查获付宗荣上半年已经转移到广东增城市打工。上午11时许,彭洲华率领5名队员迅速赶到了增城市。当晚,彭洲华锲而不舍、另辟蹊径,从与付宗荣有过联系的痕迹查获一个广州手机号。

此号在2000年2月有订购广州北至重庆的火车票信息,其中有两张火车票上的身份信息显示系两个重庆人,一男一女,男的叫程某,女的叫何某,男的大女的3岁,家庭住址相同,彭洲华推断此二人应为夫妻。

次日0时许,彭洲华利用手机、电脑双管齐下,对两夫妻的情况再次深入研判,发现两人也在广东省增城市新塘镇务工。彭洲华当即大胆推断:同一个地方务工的重庆人与江西的付宗荣有密切联系,不是亲属就是工友,只要找到重庆人就能找到付宗荣。

9日上午9时许,彭洲华开创的"劳动保障所问卷调查法"又再次被运用,一位重庆工人向他透露了某纺织有限公司相关情况。10日下午2时10分,彭洲华乔装打扮,明察暗访来到了这家公司。公司负责人声称厂里没有江西人,但彭洲华发现"付宗好"的名字赫然在列,是假身份证,将籍贯改成了广西,付宗荣使用了其弟弟的名字。

下午 3 时，增城市新塘镇某纺织有限公司的一个车间，一个矮个子工人在不停而又机械地翻着流水线上的牛仔布，看到有陌生人朝他走来，他感受到了危险正一步步逼近，正当他条件反射地往后退了一步时，说时迟那事快，彭洲华一个箭步一把掐住矮个子的脖子，使矮个子一动也不能动，此矮个子正是逃亡 10 年的抢劫在逃犯付宗荣。付宗荣落网，离全国收网还有 5 天。而另一个叫江小兵的逃犯一直困扰着追逃专业队民警。

指挥部命令，务必提前啃下这个难啃的硬骨头！

决胜深圳

在逃犯江小兵是 2008 年因盗窃汽车电瓶案被批捕，侥幸逃脱了警方的多次追捕。

相比一些在逃 10 多年的逃犯，江小兵的在逃时间算是短的了；相比一些杀人、抢劫的重案在逃犯，江小兵的罪行算是轻的了；相比一些妻离子散杳无音信的网逃来，江小兵父母健在，妻儿随身，其逃亡信息研判起来还算比较容易。

经过 10 余次的苦劝，江小兵的父母也向遂川县公安局保证：11 月 15 日前江小兵一定会投案自首。

可是江小兵却是专业追逃组追逃的 19 个逃犯中抓得最辛苦的一名。他使的是缓兵之计。11 月 15 日之后，他非但没有投案自首，反而切断了与家人的一切联系。狡猾的江小兵夫妻俩与追逃组民警玩起了躲猫猫，在短短的一个月时间里竟频繁地换手机号码。更令追逃民警郁闷的是，江小兵长期以来居无定所，与妻子聚少离多，无法找到他的藏身之地。

江小兵有意叫板警方，平均一天到两天就会在东莞、深圳、佛山 3 地 10 多个镇区跳跃性迁移，且没有任何规律，与其妻子也不直接联系了。江小兵没有固定职业且漂浮不定，如何判定江小兵下一个落脚地成了彭洲华首先要解决的问题。

12月11日，彭洲华获得消息赶往东莞对江小兵进行抓捕时，江小兵却像泥鳅溜至佛山藏了起来，陈书记了解到情况后再次与邓副支队长一起带领追逃民警来到佛山市公安局沟通协调，与彭洲华一起研究案情。

12月13日中午，通过研判，江小兵的藏身范围又被圈定，令彭洲华郁闷的是：两个小时后，江小兵却来了个脚底抹油，又一次逃离佛山。江小兵可能逃往深圳龙岗区！彭洲华立即与佛山、广州、东莞、深圳多个实战单位对江小兵实施围追堵截，一个半小时后，终因珠三角高速公路网太密集而让江小兵从包围圈中逃离，追捕工作只得转战深圳。遂川县相关领导了解到对江小兵的追逃困境后，多方联系深圳公安，发动一切可以发动的力量为专业追逃组提供强力支撑。

12月14日晚，经过连夜沟通，深圳警方强力支持遂川的追逃工作。

次日凌晨3时许，彭洲华率队在深圳市开始对江小兵进行搜捕工作。

15日早上，在中山市成功抓捕逃犯曾建平的民警李林启、郭云华、刘欣等亦从中山赶到东莞厚街，与彭洲华会合准备张开口袋让江小兵钻进来。或许是逃累了，或许是认为安全了，此时的江小兵还没来得及变更藏身的城市，10多名追逃民警进行14个小时的围剿，于15日17时，将躲藏在深圳市龙岗区一小宾馆内的江小兵按倒在床上。5名专业追逃民警大大松了一口气，五天五夜艰难困苦的追捕工作终于修成了正果。此时离全国追逃"清网行动"结束截止时刻只差7个小时！

彭洲华带领5名专业追逃队员苦战50天，辗转广东、福建、山西、四川等6省20多个市区，行程3万余公里，抓获网上逃犯13名，全局抓获逃犯133名！

江西省公安厅公布战绩：遂川清网战绩排名全省第5名、吉安市公安局排名全省第一名！在史无前例的这场追逃战役中，遂川县公安局被江西省公安厅荣记集体二等功一次。彭洲华被警界称赞为"当代捕快"。

2012年1月7日，彭洲华被推荐参加公安部举办的全国公安机关追逃先进个人评选；同时被公安部特别邀请，作为全国追逃行动做出巨大贡献的警察代表参加2012年公安部春节晚会。2012年5月17日，江西省公安厅为彭洲华记二等功一次。

彭洲华，就像一把锋利的剑，令犯罪分子闻风丧胆。

警营女写手

沈雪，1988 年考入贵州省人民警察学校。1992 年 7 月警校毕业后分配到瓮安县公安局工作，先后当过刑警、兼职公安宣传员，2007 年选调到黔南州公安局，担任网安支队监控中心副主任。

与文字结缘，源自沈雪多年的刑警生活。那时，她整天跟随着刑警办案，拎起箱子奔赴现场、熬更守夜、东奔西走，与公安战友风餐露宿，在工作的压力和疲惫中勇往直前。随警作战，让她深深地体会到了当警察的艰辛和苦累，刑警没日没夜的拼命精神，让沈雪萌发了提起笔来写写身边同事的念头，记录他们工作的细节和发生的一些典型案例，剖析案例背后的故事。

沈雪发表处女作，是在 1992 年中秋节。当天，刑侦大队抓到一个抢劫杀人在逃犯罪嫌疑人，带回队里审讯，同事们在审讯室审讯，沈雪在外面听，外面的月亮明晃晃的，街上到处是欢声笑语、万家灯火、歌舞升平，别人都沉溺于幸福的节日氛围中，刑警们却在紧张地审讯着。沈雪很有感触，小学第一篇作文便被老师当成范文的她，提笔写下了《中秋月亮圆又圆》的散文，记录了当时审讯犯罪嫌疑人的情形和屋外景致，这篇处女作发表在当时的《黔南公安》报上。后来，在参与案件的侦破工作中，她跟同事们一起，亲历和目睹了工作的艰辛和苦累，于是她开始用笔记录工作的点滴和感悟，致力于撰写从警感悟随笔……1999年，沈雪的儿子已经两岁多了。为了照顾沈雪，领导安排她做大队内勤，负责材料的收集整理；但大队就她一个女生，很多时候沈雪还得东奔西走、忙里忙外，有时出现场回来或破了一个案件，白天没时间写，沈雪就晚上回到家用笔一字一句地写，那时还没电脑，有时一篇稿子加上写和修改，需要抄写好多遍才能投出去，所以那时沈雪常常因写稿子凌晨三四点钟才睡。第二天还照常上班。随着一篇篇稿件的发表，沈雪渐渐从写作中找到了更多乐趣。那个时候，她8小时之外的业余生活，除了带孩子就是写作。

她写的从警感悟随笔，记录了民警的笑和乐，也有辛苦和无奈，还有民警在工作中演绎的趣事，也记录了身边民警无力调整工作和生活在时间上的冲突，更多的是她从警20年来对警营生活、社会纪实和个体案例的真实感悟，还有她的思想情感在目睹正义与邪恶较量时的升华。

曾获贵州省公安机关《警徽在我心中》征文二等奖的《大哥的眼泪》便写出刑警大哥因成天在外奔波无法照顾妻儿却又被妻子误解的愧疚和无奈、痛楚。《乡间的守望》则描写了一位刑警大哥质朴的妻子在家任劳任怨照顾孩子老人，打理家务盼他回家的情景，还穿插大哥毫不留情地把打死老婆的儿时伙伴铐上带走而又帮其妻照顾其孩子的大义情怀。

2005年8月的一天，沈雪跟随同事带犯罪嫌疑人到一偏僻山村的一个山洞去指认杀人抛尸的现场。这个案件从发现尸体到破案，同事们花了10多天的时间，因为案件破了，大家都高兴，回来的车上，一个同事可高兴了，说他在勘查现场时，在黑乎乎根本见不到光亮的山洞里看到一只白色的蝴蝶，很漂亮。那天月亮特别亮，快到家时，那同事才突然想起当天是他的生日。沈雪特别感动，回来的当天晚上便以《月亮笑了》为标题写了一篇随笔。后来沈雪2007年出版个人文集时书名便以这篇文章的标题《月亮笑了》命名。

由于职业的特殊性，在工作中常会遇上和演绎出许多令人啼笑皆非的故事，有些让人忍俊不禁、回味无穷。在她写的《同事的遭遇》中，记录了身边同事在工作中遇上的几件小事、乐事、趣事，既真实地反映了民警在工作中的苦乐，也透露出了民警在执法过程中遇上的尴尬和无奈。

在沈雪所写的文章中，有很多是自己作为一名执法人员对工作、对生活、对人对事方面的审视和思考。《痛与悟》记录的是2005年春节前几天，一位她曾经帮助过的村民，因为无钱乘车，天不见亮便从家中出发，步行了40多里的山路，专程给沈雪送来了他家头天杀年猪取下的一副新鲜猪肝，看到他离去时蹒跚的脚步、苍白的脸、求助的目光、谦卑的神情，这种滴水之恩当涌泉相报的实际行动让沈雪心里一阵阵抽痛。其实，那些看似卑微的庄稼人身上体现的那种无私和朴实，恰恰衬托出自己的渺小，相对于他们，很多人往往着眼于自身的利益，吝啬着自己哪怕是一丝能让他们感到满足的微笑。

在破获的多起案件中，沈雪因为亲自参与，她知道这些案件的成功破获，是同事们用毅力和智慧、用汗水和心血换来的。每个案件的成功破获，都记录了同事们同犯罪分子斗智斗勇的经历；每个案件的成功破获，都隐含一个个惊心动魄的故事，还有无辜受害者被歹徒蹂躏后留下的鲜血和泪水。

2000年12月，瓮安县发生一起绑架杀人案，犯罪嫌疑人张光明十分凶残狡诈，是个因病保外就医的犯罪嫌疑人。沈雪参与了破案的整个过程包括审讯等，了解了整个案件的来龙去脉。除了这起绑架杀人案件外，之前他还在瓮安杀死并肢解了一个女人，后又供出10多年前在贵州省铜仁市强奸并杀死了另一个女人。由于参与和多次接触，沈雪有了了解和剖析他人生成长经历的机会，在张光明和另一犯罪分子被枪毙的当天晚上，便写下了《一个杀人狂魔罪恶的人生轨迹》，当时在省内媒体引起了轰动。

除了案例报道外，沈雪还对工作中大家习以为常的问题和现象进行了深层次的思考。那时，没有110指挥中心，110报警电话设在巡警大队，因为巡警大队警力不够，每周末，其他业务科室都要值备勤，轮流值110的班，负责接处警。当时街上到处是IC卡电话，而拨打110电话又不用插卡，喝醉酒的、街头小混混、无知的小孩、做恶作剧的都拨110滋事和骚扰，尤其是女民警一接电话，便会引来谩骂、调侃、挑逗等，一时间，110电话成了烫手的山芋，谁都怕接，又不得不接。为此，沈雪写了一篇《110背后的辛酸事》在《贵州生活报》等媒体上发表，告诫大家别无事拨110，减轻民警的负担。

2004年冬天，县内发生两起精神病患者杀人的案件，因为是精神病患者，不能追究刑事责任，一些家庭又无法约束，当时因为没有救助资金又无机构收容这类人，沈雪就写了《对精神病患者犯罪的忧和思》，呼吁建立针对精神病患者的防范救助机制，该文在《公安内参》刊登，在《公安内参》刊登的还有《基层民警的困惑》等。

瓷都警官梦

时间追溯到 2013 年 11 月 30 日上午，由江西省公安文联和景德镇市作家协会主办，景德镇市公安文联承办的"刘庆玉文学作品研讨会"在景德镇市商业银行多媒体会议室举行。来自省市文坛的作家、评论家及部分高校的人文学者 50 余人各抒己见，就刘庆玉的公安题材长篇小说《青花瓷》《无雨警季》、诗集《警察·花朵》的文学理想、人文精神、价值取向及文学成就进行深入研讨。全国著名作家胡辛和江西省作家协会驻会副主席江子到会并发表热情洋溢的讲话。与会人员对刘庆玉 30 多年如一日矢志不渝默默笔耕的执着精神，和其小说作品中始终弘扬的英雄主义及其以文学艺术传承陶瓷文化的有益探索给予充分肯定。

笔如利剑露头角

认识刘庆玉是在 2012 年 1 月 12 日江西省公安厅召开的"清网行动"文学创作座谈会上。会上他第一个发言表示接受任务写一篇短篇小说。但没想到的是，他却在短短的一个月内写出了长篇，令我十分惊叹。长篇小说《青花瓷》是以 2011 年公安部统一部署的"清网行动"追逃活动为主题的，小说主题鲜明、构思巧妙、情节跌宕起伏、人物呼之欲出、描写细腻、文字流畅、笔如利剑、所向披靡，读起来令人震撼。

　　为什么能在那么短的时间内完成长篇小说的写作？我后来与他交谈才知道，他每当看到自己的战友英勇倒下流血牺牲时，每当看到战友们因追逃离家外出忠孝不能两全时，每当听说警嫂见到自己丈夫昼夜追逃吃完方便面便坐在沙发上呼呼睡去时，他都忍不住心潮澎湃、感动落泪。他说，就是用再华丽、再煽情的语言都无法表达这种感人的场面和心境。于是，他在这种无比忠诚奉献、勇于牺牲的精神感召下，用了一个月的时间完成了这部长篇小说的写作。

　　作为公安题材小说，破案无疑是重头戏，但破案过程是否写得真实可信，又跌宕起伏、情节曲折，是衡量小说水平的标准之一。许多类似题材小说人为编造痕迹过重，破绽屡现。刘庆玉毕竟是老公安，在他创作的长篇小说《青花瓷》里，每起案件的发生与进展乃至破获过程，都甚为合情合理。其中，欧阳玉倩利用网络成功劝回阮英投案，阮英替陈刚顶罪，而陈刚又匿名举报阮英，逼其投案自首的情节设计别出心裁，又令人信服。另一个抓获潜逃多年的集资诈骗犯翁光宏的过程也写得很出彩，被称为"神探"的罗子民仅从嫌犯弟弟婚礼上一个短暂出现的陌生人入手进行推理分析，找出了嫌犯潜逃的线索并成功抓获，整个过程运用的推理手法既曲折又可信。读他的作品，犹如读他真诚坦荡的情怀，阅读时有畅快淋漓、爱不释手的感觉，刘庆玉以他敏锐的眼光、独到的创作技巧，凝结成了他创作小说的独特风格，也显示出他青春的活力和生命的纯净。

　　第二次与刘庆玉在一起是在 2014 年 9 月至 11 月金秋橘黄时，我有幸与刘庆玉奔赴北京鲁迅文学院参加第 23 届高级公安作家研讨班进修，在鲁院学习两个多月，是一段与刘庆玉心灵交流最快乐的时光。我们一起去游天安门，一起去香山、鲁迅旧居、卢沟桥采风，去拜访北京资深作家胡扬，一起在鲁院的院子散步，谈文学、谈创作、谈人生。在课堂，刘庆玉认真听课，勇于发言，通过听名家讲课、参加作品研讨、交流学习，更激发了他的创作热情。两个多月的交往，我走进了这位作家的心灵深处，我们成为知无不言的好文友、好战友。

醉心读书　点燃写作激情

刘庆玉 1963 年出生在江西省广丰县一个工人家庭，父亲是赣东北一个磷矿汽车司机，母亲曾是德兴铜矿技术员，父亲一人供养全家七口。刘庆玉是家中老大，12 岁起就懂得为家庭分忧，开始外出到矿区建筑工地卸水泥、运沙、搬砖、扛木头，做小工挣钱补贴家用。那年，随父亲坐汽车到玉山县鸡头山采石场搬石头，因人小石大，累得喘不过气，加之天气酷热，常常一身大汗湿透衣裤，有时手被锋利的石头割得血流如注，但他却甘之如饴，从不叫苦喊累。家里没钱买菜吃，他就到住房附近开挖荒山闲地种菜，每天起早贪黑挑水浇菜，到处寻找肥料培菜，因此种的南瓜、红薯都比别人大，蔬菜也比别人好，家里从此不缺蔬菜，收成最好的几年还用富余的蔬菜喂 2 头猪，年终时卖掉 1 头，把另一头 200 多斤的猪做成腊肉，一年 365 天腊肉飘香。

生活虽然艰苦，刘庆玉从小对文学有浓厚的兴趣。父亲喜欢讲故事，刘庆玉印象最深的是薛仁贵的故事，说薛仁贵落难时因为饭量太大没人敢收留雇用他，是一位好心的员外见薛仁贵为人忠厚且力大惊人，说他将来一定会出人头地，所以不顾家人反对让薛仁贵吃饱，后来薛仁贵成为元帅，许多王公贵族来元帅府祝寿时都抬着名贵佳酿，送奇珍异宝，而老员外因家道贫寒，只送来了一坛水，薛仁贵没开其他人送的好酒，而偏偏打开老员外送的一坛水，喝了后连连叫好酒好酒哇。众人不解，都说这是水怎么叫好酒呢？薛仁贵说你们不知道，这就叫作人情好喝水甜哪，这才是世界上最好的酒哇。每次回味这一故事，刘庆玉都很感动，这就是善良给予人们的巨大力量，也就是这些文学故事，孕育了他的写作欲望，圆他的文学之梦。在童年寂寞的时光里，他如饥似渴地阅读了《隋唐演义》《说岳全传》《薛仁贵征东》《薛丁山征西》《罗通扫北》等大量文学作品，从这些书中，吸收、培育了正义、善良的人生品格。

1979 年秋，刘庆玉考入了江西省政法学校公安专业，这个年仅 16 岁的学生怀揣着希望，梦想成为一名能文又能武者。在全校新生入学语文摸底考试中，100 分的试卷中另加了一首 10 分的诗，要求抒写自己考入政法学校时的心情，全校只有他一人得了满分，并且总分第一。这在无形中给了他莫大的鼓舞和鞭策，更加坚定了他走文学之路的信心。在校两年，他加倍努力，格外勤奋，早晚参加军体训练，白天认真学习课程，课余时间如饥似渴地阅读文学作品，每天背诵一首唐诗宋词，经常晚上学校寝室关灯休息后还打着手电筒在被窝里看书背记。在学习中国古代文学时，他阅读了《红楼梦》《西游记》《三国演义》《水浒传》《狄公探案》《七侠五义》《小五义》《包公奇案》等大量小说，其中《狄公探案》给他的启示最大，其情节的设计、细节的描述、缜密的推理、正义的弘扬等都令他大开眼界。通过大量阅读，他增长了文学知识，培养了写作的兴趣。

潜心创作　成就文学梦想

　　1981 年，刘庆玉从政法学校毕业后分配到景德镇市北区公安分局，优越的单位环境为他提供了良好的机会，他一有时间就跑书店买书，到图书馆借书，有时通宵达旦读书，几乎每天只去办公室、书店（图书馆）、食堂和寝室这几个地方。最初一个月 40 元工资，除一半寄回老家补贴弟妹们读书外，20 元就是他一个月的生活费，爱书如命的他把大部分钱用于购买书籍，见到一本好书经常割舍不下，借钱也要买回。1982 年他到南昌出差，发现八一广场新华书店有一套精装本的唐诗宋词全集，价格 100 多元，他回到景德镇后向同事借钱，托同乡购买带回，至今珍藏在他的书房。虽然多次搬家，所购书籍一本也没有落下。由于爱书如命，经济上往往捉襟见肘，生活上节俭得不能再节俭了，有时一餐饭只有 5 分钱买碟白菜吃，尽管如此艰苦，但他觉得非常充实。

　　有了海绵挤水般的读书时光，对创作的欲望不约而至。刘庆玉爱好公安侦探文学，受《秘密图纸》《羊城暗哨》《看不见的战线》《冰山上的来客》等影片的影响，萌发了写作的冲动，特别是海岩的《便衣警察》，给他的震动很大。因此，他开始尝试写公安题材的小说，最初写的一部中篇小说叫《刑警醉仙》，塑造了一位很会喝酒的刑警，对酒文化很有研究，因喝酒破了一起重大刑事案，群众出版社《啄木鸟》编辑部的李晓敏编辑看了说人物故事不错，就是选题不太恰当，他只好放弃。

　　创作来源于生活而高于生活，刘庆玉善于积累书本知识和生活阅历，以及个人情感，这种积累成为他创作小说的成功之母。1994 年冬，他以亲身经历的一起真实案件故事为原型，创作了一部中篇推理小说《红楼疑案》，小说完成后，在 1995 年扩版的《景德镇日报》上连载半年，受到读者的好评。

20 世纪后期，随着改革开放的不断深入，文学热潮消退，经济大潮洪涌，绝大部分作家放弃了写作，纷纷下海经商淘金，但刘庆玉痴心不改、守书如玉、勤于耕耘。1996 年 11 月，刘庆玉开始创作以景德镇为背景的一部公安题材长篇小说《真心英雄》，小说是以纯文学的笔调，以讴歌公安民警邢真侦破杀害战友案和盗窃美人醉古瓷案为主线的一部英雄主义作品。为完成创作，他夜以继日、废寝忘食，每天只睡三四个小时，用了 5 个月的时间，写出了 50 万字的初稿。1997 年 3 月，经过多次修改最后定稿 32 万字，小说杀青，胆结石、胆囊炎一起发作，前后治疗了近半年才基本控制住，刘庆玉的身体健康严重受损。2001年 3 月，《真心英雄》由百花洲文艺出版社出版，产生很大的影响。景德镇市作协专门召开研讨会，景德镇电视台、江西省电视台都做了新闻报道。刘庆玉因此加入了江西省作家协会，被誉为江西公安文坛的一枝独秀。

刘庆玉在创作的过程中，参加了 2002 年秋江西省公安厅组织的井冈山笔会。30 多名作家到井冈山授课，他们都是来自中国作协、公安部的作家。笔会还邀请了全国著名作家、《法制日报》的高级编辑高红十。这次交流学习，更激发了他的创作热情。

雄心壮志　勤奋笔耕写正气

刘庆玉的文学作品，追求朴素、通俗易懂的语言风格，追求健康向上、充满英雄主义的理想色彩和审美内涵，他着力于挖掘和弘扬人性中至善和至爱的精神内蕴，总是把追求善良和至爱作为写作的最终目标和努力方向。他说："尽可能多地挖掘和弘扬正能量的东西，尽可能多地宣扬善良、关爱、宽厚带给人们的幸福与美好，这样才能使人活着感到有意义，活着有希望。"他创作长篇小说《无雨警季》，前后用了3年多时间，于2011年用《警局密码》的标题在《景德镇文艺》上刊载。创作这部小说，他是通过新上任的一位公安局局长的所见所闻来反映在当今经济高速发展、人财物大流动的背景下，公安工作、社会治安和国家安全所面临的新情况、新问题。

《无雨警季》通过表现主人公与一帮异地他乡工作生活的老乡交往的故事，反映了当今带有明显地域特点的风土人情和时代特征。小说生活气息浓郁，塑造了一位心地善良、勤政为公的公安局局长形象，有鲜明的时代印记，具有深远的社会历史意义，其错综复杂的故事，堪称当代社会风俗画卷。刘庆玉从不同侧面反映当今公安工作形势的严峻与复杂性，其笔下传递出来的正能量，正是当代无数公安战士的精神缩影，读者正是从这些鲜活的英雄人物身上，看到了当代公安战士的风采。

30多年来，刘庆玉始终不渝地钟情于文学，笔耕不辍，如今，刘庆玉是全国公安文联会员，江西省作协会员、中国报告文学学会会员、景德镇公安作协副主席、景德镇市作协理事、珠山区作协主席、南昌大学影视艺术研究中心兼职教授，景德镇学院陶瓷文化研究所特约研究员，2015年7月，他被公安部文联聘为首批"全国公安文联签约作家"。目前，刘庆玉的《退休警官》《社区女警队》《二代警察》3部长篇小说基本故事都已构思完成。展望未来，刘庆玉雄心百倍，以他锐利的笔尖，书写一个美丽而全新的瓷都之作。

诗人邓醒群

认识邓醒群，是在 2014 年 9 月的鲁迅文学院第 23 届高级公安作家研讨班进修期间。开学前，我开了个 23 班 QQ 群。在群里，我与邓醒群聊上了。互相介绍后，我们有了无话不说的默契。虽未见其人，话里言间，我感觉到了他是一个充满豪情壮志的诗人，一个十分诚挚且自信的诗者。

开学后，我见到的邓醒群一脸的面善，说话总是和颜悦色，不急不躁的，满脸书生气。于是，我们有了共同语言，谈起写诗，他含而不露，但举手投足间洋溢着诗情画意，谈人生，却是情真意切，朴实无华。鲁院结业，我们各自回到原单位，但几乎天天在网上见面，聊人生，聊文学，他每写一首诗都会通过 QQ 或微信发给我，因此我成为他诗歌的第一个读者。后来，邓醒群还寄过他的"者"字三部诗集。

写诗结缘　为警察群体讴歌

邓醒群 1968 年 8 月出生在广东省紫金县蓝塘镇一个农民家庭，由于父亲喜好写诗吟诗，邓醒群在读小学的时候，受父亲的熏陶，跟着父亲也能读几句诗词。1978 年，由于邓醒群家庭人口多，父亲去学习班被限制了自由，导致工分丢失，年年超支，只靠种菜是不够的，母亲只能找些山货维持生计，可一天只能赚点小钱，入不敷出，家庭经济长期拮据，一家老小生活极其困难，邓醒群经常吃不饱，营养不良，面黄肌瘦，时常生病，因无钱治疗，几近夭折。老实厚道的父母，抱着邓醒群进县城，奔波方圆数百里乡村，四处求医才让他得以活下来。因病，邓醒群无缘上高等学校，只有在家自学，父母经历千辛万苦把他抚养成人。通过发奋努力，邓醒群终于获得了广东省自学考试委员会与中山大学颁发的法律本科毕业证。邓醒群学的是法律专业，却喜欢文学，喜欢读诗、写诗，对诗歌创作情有独钟。他当过代课老师，在教书业余时间不辍写诗。两年后，邓醒群在全国最早成立的基层司法所——紫金县蓝塘镇司法所担任司法员，邓醒群一边做好人民调解员工作，一边利用业余时间研读诗歌，写诗、写随笔日记，有感而发，在当地报刊陆续发表，并且小有名气。随后，他从通讯写开，写些本土的历史人物，如邓缵先、钟丁先等的人物掌故发表在当时的《河源报》，第一篇散文《祖父》也是在该报发表。

1994 年 8 月，紫金县公安局需要一名能写会说的文秘人员，邓醒群被时任紫金县公安局局长李谭富选中，顺利调入紫金县公安局，成为一名人民警察，从事文秘、纪检监察工作。邓醒群入警后，对警察诗歌创作更是热情高涨，他开始写警察诗歌，一发不可收，因为他加入了这个群体后发现许多可敬可爱的人被遗忘了，写诗就是对警察群体的尊重，也就是对警察大爱的行者。他说诗者不是硬邦邦的冷漠者，而是要用真心温暖警察这个群体。诗歌要担当起这个责任。之后，他创作的诗歌、散文、通讯作品陆续在《河源报》及《广东公安报》发表。2006 年 11 月 25 日由

《河源日报》主办的"河源文学新人榜"第三十七期专版刊发了邓醒群的诗歌《尘世中擦肩而去的过客》，诗人白帆做了评论，公安部文联也在网页上推介了这首诗歌，那年他刚好 38 岁。此后，他连续多年被《广东公安报》评为优秀副刊作者。

以诗为媒　抒写诗意人生

"诗如其人""人如其诗"，邓醒群的诗歌，多为爱心无限的心情展现，读邓醒群的诗歌，给我的感觉首先是真情，是预留在诗人情感血脉里的那份浓烈，是一种透明的元素制造了诗歌中的情感质地。他心灵的小门洞开，一双锐眼看世界，纷繁复杂的人生投影于他的心灵，欢乐和痛苦，抒情与思考铸成了他独特多感的诗人气质。作为一位紫金的游子，在警营工作 20 余年，他把一生最美好的光阴献给了这块深爱的土地，紫金是生他养他的故乡，他的心灵里又时时流动着乡土气息。

邓醒群的诗，是情动于衷，是水分挤干后的盐的结晶，是爱的着落，是爱的追寻和乐章。无论他表达的是对故乡的热恋和归依，还是对人世间的真情的赞颂，或者对世象的微妙的把握，都离不开一个"情"字。诗发乎情，才能构造出特殊的内质，凸显他的诗歌的符号。也只有这样才会脱胎于粗糙的原始雏形，在个体向世界的过渡上完成一首诗的情感流程。庄子说："真者，精诚之至也。不精不诚，不能动人。"诚然。邓醒群的诗，语言平实，大多借助周围事物烘托诗人丰富的内心世界。情感真挚自然，有对现实的忧愤与苦闷，也有对生活的淡定与接受，更有对希望的渴求与追逐！从邓醒群的诗行中，我们看到了诗人一颗热爱生活的心，一颗执着追求诗歌艺术的心！我们期待邓醒群打破惯有的话语场，借助丰富的诗歌表达方法，写出更优美、更有个性的优秀诗篇！

邓醒群的诗没有去刻意抓人眼球，而是用日常生活的语言来铺垫描述主题，其中却暗流涌动，给人一种想去探究的味道，写悲而不言悲的世界。真正的诗人就是这样，抛开自我，放下虚荣，写自我而不真自我的文字，以小博大，以简喻深。写出"我"与岁月的奥秘，"我"与人生的关联，这才是真正的诗人所具备的境界。

文贵乎真情，而那些只是追求缥缈虚幻、追求朦胧自造逻辑的诗歌，则显得苍白无力，给人一种刻意营造的画面。其表面五彩缤纷，却只是一具空躯壳，没有灵魂，读起来淡淡无味。而邓醒群的诗始终坚持不为名而写，不为利而作；在写好诗歌的基础上，他试着多写些散文诗及散文。

业余写作是快乐的，也是不容易的，在这浮躁而趋于功利的时代，在这艺术趋于娱乐的风气中，优秀的文化不能缺失，诗歌不能缺位。邓醒群曾在《关于文化》的诗中写道："一个民族的脊梁／赖以生存的根"。只有坚守神圣的文化高地，生活处处都是诗，让诗歌成为人们生活中不可或缺的精神食粮，让生命永远与诗歌相连，让诗歌滋润这个世界，这是诗人责任之所在，这是诗人应担当之责。

邓醒群握枪从文，一张一弛，文武兼备，相得益彰，在警营叱咤风云，在文坛上脱颖而出，成为用枪和笔播撒金盾辉煌的人。邓醒群始终在工作之余笔耕不辍，他的诗歌大多充满了铁血豪情，其诗"笔力甚峭"、铁骨铮铮，饱含慷慨激昂之志而又至情至性，以崇高、豪放、悲壮的美学姿态出现于读者面前。2015年9月3日，邓醒群创作的诗《一幅画的疼痛（外二首）》获得纪念抗日战争胜利七十周年暨第二届全国公安网络（现代）诗歌大赛二等奖，邓醒群应全国公安文学艺术联合会邀请赴黑龙江绥化市参加颁奖大会，《一幅画的疼痛（外二首）》获得诗坛专评赞赏。

邓醒群创作的《守护生命线——致"8·16"抗洪抢险中的交警》是一篇带有战地报道色彩的短诗。诗人用紧促的笔调和节奏写出了形势的严峻、事态的紧急与危机："疯狂地撕开二百年前的封印／魔鬼张牙舞爪，倾巢而出／山崩地裂，洪水肆虐"。词语如密集的鼓声，展现了分秒必争的救援势态。在诗行的末尾，诗人写道："血肉与灵魂在这里得到洗礼／你，坚守着，风过后，又晴天／警徽绽放着生命的光辉"。整首诗歌突出表现了在应急救援事件中交警的担当精神和责任意识。

在邓醒群的诗作《送别》中，诗人歌颂了与毒枭浴血奋战因公殉职的同事："你用血肉之躯铸就共和国的丰碑／你的名字，让毒枭胆怯，罪恶退缩／你的血性，光驻斗牛／守护着天穹下苍生"。全诗慷慨悲壮，充满铁血精神气质。由此可见，邓醒群有着自觉的"警察意识"和"人民公仆"的身份认同。他创作的《致交通警察》："当群山把夕阳吞没时／黑暗疾卷谁，在此刻点亮一盏灯／为在弯弯曲曲的公路上飞驰的车辆导航。是你／头顶警徽的交通民警／灰尘／将你洁白的帽子染色／汽车的废气，塞满你的鼻子／呼吸如此困难／哨子在你干燥的嘴巴上发出清脆的声音响彻公路"。诗人对警察生活做了如实叙述，平凡、艰辛中又透出对这个职业的骄傲感，这凸显了邓醒群身上的公仆意识。

在现实生活中，他自觉地和战友一道，为维护社会稳定和人民群众利益，不怕吃苦，不怕艰辛，无私奉献，甚至勇敢牺牲，令人崇敬。邓醒群创作《"6·26"想到——献给缉毒警察兼祭杜宇华》《致猎狐战斗中的战友》等充满公仆精神的一系列诗歌的问世，令他"警察诗人"的形象分外夺目。这些诗歌作品充满了主旋律色彩，基调豪放乐观、昂扬向上，表达了对光明事物积极颂赞的态度，给大众读者带来了正能量。

此外，邓醒群还写了不少爱国主义题材的诗篇，诗人把慷慨激昂的英雄形象刻画得淋漓尽致，洋溢着强烈的民族意识和爱国精神，充分彰显邓醒群诗歌的主旋律色彩。

邓醒群，以诗为歌，成就了一个诗人的风骨。

破解生命密码

袁兵兵，不善言谈，不爱抛头露面，但内心充满了正义感和对工作的执着激情。

袁兵兵是一名刑事侦查技术民警，2002 年毕业于井冈山医专临床医学系，毕业后参军入伍，在吉林省四平市某部卫生队当卫生士官。退伍后于 2011 年参加公务员考试入警。入警后从事法医、痕检、技管、DNA 检验工作，一干就是 12 年。12 年间，他共勘查各类现场 810 余起，DNA 检案 290 余起，利用刑事技术直接锁定犯罪嫌疑人 120 多名。他总结提炼基因优先比对技战法，屡破大案要案，他刻苦钻研 DNA 破案本领，协助破获 10 起命案积案。

抽丝剥茧

2017 年 12 月 24 日 9 时许，遂川县东路大道老新华书店附近发生一起砸车窗盗窃案件。一名操外地口音的男子将车辆停靠在路边，下车去办事，离开车辆几分钟，返回后发现驾驶室车窗被砸，放在车座上的 18 万元人民币也不翼而飞。

作为一名刑事技术员，在犯罪现场发现关键证据，也就意味着破案完成了一半。勘查时，袁兵兵从现场遗留的作案工具、车窗玻璃碎片敏锐地意识到，该案属流窜作案。随后，他立即从技术的角度进行串并，并大胆提出："犯罪嫌疑人把手伸进车内取走 18 万元现金，身体与车辆必有接触。"通过反复的模拟实验，重建现场，最终在副驾驶室内饰塑料上，提取到犯罪嫌疑人手套印，成为案件的关键检材罪证，最终使案件成功告破。

2018 年 1 月 15 日 23 时许，遂川县南江乡沙美村发生一起变压器被盗案。犯罪嫌疑人利用夜色掩护，准备将盗窃的变压器和铜线运走时，被夜归路过的村民发现，及时制止。嫌疑人慌不择路逃窜，现场遗留了拆卸的变压器部件及部分作案工具。

盗贼是谁？乡村僻壤，没有公共视频，目击者没有看清盗窃人的面目，案件的侦破无进展，陷入僵局。刑警大队侦查民警焦虑的目光一起投向袁兵兵，寄予他厚望。

现勘民警将物证送至遂川县公安局 DNA 实验室，袁兵兵立即对相关物证进行检验，面对该物证存在油污等抑制物多的各种不利因素，他决定缩小提取量，将油污分离。通过 4 个昼夜的检验、分析、反复提取、精选，终于在 2019 年 1 月 19 日上午检出作案工具上的基因分型，录入数据库查询比对，成功比中江西省公安厅信息库中的违法人员段某某。

刑事技术作为公安工作的基础，不但为侦查破案提供线索和证据，同时在一些敏感性事件中也发挥关键作用，为妥善解决问题提供科学依据，特别是一些非正常死亡案件中，刑事技术常为事件定性起到拨云见日、还原真相的作用。

2018 年 9 月 8 日早上，早起的行人发现汤湖镇一桥底有一辆摩托车坠落在水中，但没有伤者，很是蹊跷，随着围观群众的增多，眼尖的群众发现在摩托车下游不远处有一男子漂浮在河道。

人命关天,很快各路民警赶到现场,经过周密调查,查明该男子为左安人赖某。家属赶到见此情此景后,对死因提出异议。刑警大队接警后,立即组织技术人员赶赴现场。在现场,派出所民警、交警已对现场进行了保护,并对事件原因正紧锣密鼓着手调查,但由于现场桥面周围没有明显的交通事故痕迹,围观群众众说纷纭,处警民警也心存疑问,案件定性扑朔迷离,是自杀,他杀,还是交通事故?大家各抒己见,莫衷一是。

袁兵兵了解案情后,为查明事实,鉴探真相,根据现场人车分离的现状及原始现场大部已被破坏的现场特点,初步拟订先尸体后痕迹的勘验方法,并扩大范围进行全面细致勘查。通过近两个小时的努力,袁兵兵不但对死亡原因做到心中有数,同时明确了摩托车碰撞、坠落轨迹,并对该名男子死亡过程进行了现场重建,为该起非正常死亡事件定性为交通事故发挥了关键作用。

袁兵兵是一个执着的刑事侦查技术工作者,从学医到军人卫生员,到入警从事刑事侦查技术,他慢慢地养成了一个习惯,从每起案件现场回来后,都要从技术角度去思考总结,还原现场,用证据说话,为侦查员解决了诸多重大疑难案件的技术难题。他善于总结、勤奋钻研、不断攻坚、结合工作实际,撰写了《现场重建在一起高坠自杀案件中的应用》《女性故意杀人案现场法医学分析》《浅谈刑事科学技术服务实战运用存在的问题与建议》等专业论文,先后在《江西刑技》《中国法医学杂志》及《人民公安报》刊登,成为公安刑事技术侦查的指导性文献。

破译犯罪密码

"刑事技术员,一定要有一股拼劲,更要不断学习创新。"袁兵兵成为刑事技术民警后,先后在法医、痕检、DNA 实验等岗位 12 年。每次岗位调整，他都是从零开始，凭着一股不怕苦、不服输的劲头，积极探索刑侦技术事业的深度。

针对当前侵财性案件多以接触性检材为主的特点，袁兵兵借鉴荣获公安部科技奖的南通、淄博、赣州等地先进经验后，查阅大量相关资料，立足局 DNA 实验室装备、耗材实际，反复验证提取方法的可行性，对检验方法、流程、工艺加以改进，攻克了手套印等痕量生物物证检验技术，总结提炼了基因优先比对技战法。

2019 年 9 月，洲背村发生一起在建房屋电线被盗案。民警到达现场后，在建房屋一片狼藉，楼上楼下堆满了建筑装修材料，管道内的电线被扫荡一空，只有接口或线盒处残留少量线头。尽管现场比较凌乱，技术员也不泄气，认真勘查每个地方，不放过每个细节，并在现场多处提取到生物物证。遂川县公安局 DNA 实验室根据该案生物物证特点，调整思路、改进方法，利用基因优先比对法比中前科嫌疑人廖某。

12 年来，袁兵兵利用基因优先比对技战法参与破获新城佳园系列撬窗入室盗窃作案 39 起，成为名副其实的刑事技术"尖兵"。

永不言弃破大案

在错综复杂的现场和千头万绪的线索前，袁兵兵总是一个个去梳理、辨别，去伪存真，去粗取精。面对海量的信息和数据，他耐心细致地查询对比、逐条逐项地整理核对，用坚持不懈、永不言弃的精神诠释刑事技术民警的追求。

2003 年 8 月 6 日，新疆若羌发生一起命案。案发后，若羌警方循线追踪，但案件一直没有取得突破。2018 年 6 月 9 日，袁兵兵将新疆若羌警方在未破案件信息共享平台发布的命案协查信息,逐项录入全国公安机关 DNA 数据库作战平台,每天于海量的数据中钻研,成功比中深圳警方 2015 年采集的犯罪嫌疑人曹某某信息,协助新疆、甘肃、浙江等地警方侦破 3 起重大抢劫杀人案,让 3 名潜藏 15 年的命案凶手受到法律制裁。

2016 年 1 月 10 日,吉水县金滩镇赣江水域出现一具女性尸体。尽管吉水警方多方查找,但尸源信息一直无法确认,致使案件侦破异常艰辛。2018 年 6 月 26 日,吉水县公安局技术室负责人获知袁兵兵协助新疆警方侦破命案的消息后,向该局 DNA 实验室表达了对两年前无名尸案的焦虑,希望获得帮助取得突破。袁兵兵将"2·10"吉水县金滩镇无名女尸 DNA 数据录入全国公安机关 DNA 数据库作战平台后,成功比中犯罪嫌疑人纪某,并将比对结果迅速反馈吉水县公安局,使该案得以侦破。

2019 年 8 月 11 日,遂川县泉江镇龙泉大桥发现一具尸体,刑警大队接到 110 指挥中心的指派后,立即派出袁兵兵与侦查民警赶赴现场进行勘验,尸体经法医检验为无名男尸,着冬装,仔细勘验,发现尸体完全白骨化,死亡时间推测有半年以上。法医检验尸体后,提取了两枚牙齿作为生物检材进行 DNA 鉴定。

2019 年 8 月 18 日,袁兵兵接到检材后,心中忐忑不安,县局 DNA 实验室建立近 3 年,从未对白骨化尸体相关检材进行过 DNA 鉴定,为推进县局 DNA 检验能力上台阶,做精做强县局 DNA 实验室,袁兵兵迎难而上,在网上查阅了大量牙齿、骨骼等相关的检验论文,从中汲取灵感,结合装备特点,反复研究,大胆创新检验方法。苦心人,天不负。经过两天的不懈努力,于 8 月 15 日上午检出无名尸体牙齿 DNA 基因分型,峰型均衡,峰值较高,杂合性好,具备入库条件。袁兵兵欣喜之余,快速将基因分型数据录入比对平台查询,当即成功比中遂川县碧洲镇张某群,而后及时将 DNA 比对结果反馈办案民警。此案成功检出 DNA 分型，不仅得益于袁兵兵的开拓进取、精益求精的工作作风，而且进一步展现了实验室服务实战，敢打必赢的精神面貌，全面拓宽了 DNA 实验室检材来源，为疑难检材的 DNA 检验累积了宝贵经验，实现了检材范围全覆盖。据统计，仅 2018 年以来，袁兵兵成功比中公安部协查案件 21 起。

凭借对刑侦事业的热爱，对刑事技术的执着，近年来，袁兵兵在平凡的岗位上取得了不平凡的业绩，2019 年荣立二等功一次，先后荣获"全省公安机关刑事技术实战应用尖兵""公安部刑事技术破案会战优秀刑事技术民警"等称号。

老张的从警情怀

又是一场连绵不断的雨，那不时飘洒的春雨，不正是苍天在为那无数英魂而落下的泪珠吗？

在清明节这一天，不管如何忙碌，多么遥远，生者都会去看望他们逝去的亲人、战友。

入警 30 年，我目睹 10 余名因公殉职、因病辞世的公安战友、同事，曾经为李子坊、彭能生、刘尚坚、张新富、廖传勇、朱建荣、周卫东、张黎明、古小阳等英烈写过追悼词，为他们的牺牲而歌而泣，曾经为他们的英雄事迹而书写心灵的对话。每当清明时节，我会向他们鞠个躬，寄予深切的哀思。

岁月蹉跎，英灵依在。怀念相处 14 年的老领导、老战友张新富，我依稀能想起他的音容笑貌，刚正矫健的步伐，仿佛看见他行走在大街小巷，依然威风凛然，脚踏龙泉大地，依然铿锵有力。

张新富是一个农民的儿子，18 岁入伍，在部队光荣入党，多次被评为五好战士，历任副班长、班长，受嘉奖两次。1978 年 5 月从部队转业回到遂川入警，先后担任派出所副所长、所长、县公安局副局长职务，荣立二等功一次，被授予江西省优秀人民警察，一级警督警衔。

张新富有一对睿智的眼睛，那庄严的表情与阳刚之气相依相衬构成的警察独具的形象特征，清晰伟岸。

10 年军营摸爬滚打，练就了张新富一副好身板，他魁梧的身材，铸就了高大刚毅的警察形象。从警 25 年，他在基层派出所一线兢兢业业，默默无闻干了 14 个年头。在泉江派出所任职 8 年，张新富身经百战，一步一个脚印，练就了顽强、坚忍不拔、拼搏进取的意志。

军营养成了张新富雷厉风行的工作作风，军营练就了他正直刚毅的品格，任泉江派出所所长时"得罪了"不少人，但他踏踏实实、忠于职守、扫黑除恶、治乱防范，做到辖区社会治安持续稳定，疏而不漏。他所在的派出所曾 3 次获得江西省公安厅嘉奖，3 次获得吉安地区公安处授予的优秀派出所称号。

1992 年，张新富出任县公安局副局长，主管秘书、户政两个"窗口"部门。农转非、财务和基建管理，都是当年警界非常敏感，也是容易滋生腐败现象的部门。张新富不沾染铜臭味，不请受吃喝，不接受礼物，不违背原则办事，用"四不准"正人先正己，做表率。有一次，他的一个亲戚因赌博而被抓，这个亲戚三番五次跑来向他求情减轻处罚，张新富没有妥协，毫不留情交代办案民警依法进行处罚。老张执法刚正不阿，可得罪了不少亲朋好友，有不少亲友说："这个老张，真太无情了。"

1995 年秋，泉江镇一位曾经的返城知青，出于种种原因，其家庭困难，家属子女的农转非一直没有得到解决。张新富得知这消息后，亲自过问了解情况，并且登门落实措施，一个星期后，按照有关规定解除了知青子女的后顾之忧。那位曾经的知青说，老张没有抽我一支烟，没喝过我一口水，老张是有情有义的警官。

在局里，只要有哪位民警家庭困难或民警家属有病老伤痛，他总是关怀备至，为民警排忧解难，对民警的生活工作满腔热情，处处为民警着想。外地人小刘是刚考入局里的新民警，老张安排他住房，把他的工作生活安排得周密有序，使小刘工作安心，努力上进。

张新富是财务管理的好手，管好财、理好财、用好财，严格执行财经纪律，严把财务关，他带头执行财务制度，铁面无私，厉行节约，精打细算，把钱用在刀刃上。两年投入40余万元，新建了3所农村派出所，投入10余万元为民警建起"五小工程"，为从优待警打下了坚实的基础。

老张在家里是善良慈爱的好丈夫、好父亲，他从严教子育女，两个小孩的工作从来没有向组织上提要求，也不去走后门，全靠他们自己去努力争取，女儿自考到供电公司，儿子在交警大队做辅警，他经常对家人说，工作上都要靠自己，他不能用权力为家人谋取利益，家人支持老张的工作，从来也不向老张提要求，一家人和和睦睦，他的家庭多次被评为全县"五好家庭"。

张新富任劳任怨，勤奋苦干，不计较个人得失，工作起来就是"拼命三郎"，他一年三百六十天坚守岗位，经常通宵达旦工作，就像一颗螺丝钉，深深扎在红土地上，默默无闻地奉献。

老张强烈的事业心和高度责任感，体现在他的言谈举止间，公安工作时刻面临生死考验，张新富不怕牺牲，敢于用生命捍卫国家和人民的利益。1995年3月25日下午，遂川县城社会福利摸奖现场发生一起重大群体性哄抢事件。现场一万余人围观起哄，闹事者冲击摸奖台，疯狂地用石头、砖块、木棍殴打摸奖活动工作人员，闹事者拆毁摸奖台，企图哄抢50余万元巨额现金。此时，在现场安保的张新富毫不犹豫挺身而出，他马上向局里报告，随后冒着生命危险，奋不顾身冲进摸奖棚，一边指挥工作人员做好保护国家资金的措施，一边向群众呼喊，劝告起哄人群不能做违法的事。他冲锋在前，沉着冷静，果断处置。

此时摸奖棚被一些不法分子四处拆毁，随时都可能倒塌，一旦倒塌，棚内30多个工作人员必死无疑，一旦发生哄抢现金，上千人将会被活活压死，后果不堪设想。在这关键时刻，张新富迎着暴雨般的砖头、石块、木棍、泥沙，站在棚高处拼命喊话、解释、劝说，可身上、脸上多处被飞石击中，血流皮开。几位好心的群众上前强拉他走开，并说，如果不迅即离开，就会被乱石砸死……但是张新富临危不惧，没有被死亡吓倒，而是对保卫工作人员和群众说，就是打死也要守住这50万元现金！为了保护工作人员的人身安全，他毅然用自己的身体抵挡飞来的石头、木棍、砖块，他拼命与群众对话。突然，两块飞来的石头狠狠地砸在他头上，顿时他头皮裂开，满脸鲜血。此刻，几十名不法分子见状冲进摸奖棚内企图哄抢现金，在这万分危急之时，张新富用整个身子扑在十几个钱箱子上面，其他几名保安人员也跟着用身子扑了上去……张新富与保安人员扑在箱子上整整死护了20多分钟，终于赢得了战机，十几名嚣张的人员被赶来增援的民警控制，张新富用生命护卫着这50多万元现金，他舍生忘死，大无畏的英雄气概和壮举镇住了闹事者。当增援民警赶到时，他一句话也说不出来，喉咙嘶哑了，民警们拉他去医院，他死也不去，一直坚持到将所有彩票现金清点追回，事态平定后，他才被同事劝说住进医院。

在这严峻考验时刻，张新富始终保持清醒的头脑，他做到了文明执勤，骂不还口，打不还手，表现了顽强的革命牺牲精神，以一身凛然正气，用自己的生命保护了国家的财产，避免了重大损失，防止了更大的后果发生。

张新富既是一个政务管理能手，又是一个刑侦破案能手。

1995年10月他接管刑侦工作，从此，他从抓刑侦队伍建设内强素质、外树形象开始，狠抓了刑侦大队纪律作风建设，使刑侦大队的精神面貌有了良好的改观。

他接管刑侦大队，以严谨的态度和高超的智慧面对每起刑事案件。张新富沉着应战、运筹帷幄，经过一次次智与勇的考验，连克3起大案，旗开得胜。105国道重特大系列抢劫案、新江重大流氓杀人案和横岭凶杀案等一批大案要案一一告破，犯罪分子得到了应有的惩处。

1995年"严打"，张新富副局长率领刑侦人员破获了一系列重特大刑事案件。对现发案件做到受案快、反应快、破案快，以"三快"效应，给予顶风作案的犯罪分子以迎头痛击。他率领刑警大队20多名刑侦人员先后破获了"4·12"矿产局摩托车被盗系列案、"5·7"安福客车抢劫案、"5·9"李卫生伤客致死案、"6·15"吉安中巴车抢劫案、"6·15"新建货车被劫案等28起现发重特大刑事案件。尤其攻破了4起特大抢盗、强奸杀人疑难案，在群众中产生很大的反响，使遂川"严打"在江西打出了声威，打出了威力。

1995年5月9日，高坪镇下车村村民曹之然对本村妇女李某实施强奸并将其杀死，然后伪造现场，企图蒙混过关，死者家人将受害人草草埋葬。一个多月后，死者家属到公安机关报案，要求查清死因。6月23日，张新富带领刑侦人员驻扎高坪深山老林，历时8个昼夜跋山涉水、通宵达旦侦查，案件侦破工作获得重大突破。6月29日，张新富与刑侦人员翻山越岭，顶着炎炎烈日，掘坟开棺验尸，获取重要证据，从而成功破获了这起重大强奸杀人疑难案，犯罪嫌疑人得到应有惩治。

张新富不怕苦不怕累的连续作战作风赢得了地、县领导和群众的高度赞扬。5月28日，遂川县某银行行长在食堂蒸的饭被人投毒，其女儿中毒幸而抢救及时免遭一死。案发后，张新富受命挂帅，带领刑侦人员迅速投入侦查，嫌犯阴险狡猾，未留蛛丝马迹，侦破工作陷入山穷水尽的困境。张新富知难而进，开展攻坚战，实行公开调查与秘密技侦双管齐下，排查了100多名群众，苦战13个昼夜，于6月11日挖出了犯罪嫌疑人罗某，攻破了这起罕见的投毒疑难案件，赢得了群众的好评。

1996年"严打"，张新富没有好好休息过一天，没睡过一个好觉，他率领刑警大队的干警如拼命三郎般南下北上，打团伙、扫恶霸、追逃犯、破大案，3次赴广东、福建，深圳昼夜兼程，追拿逃犯34名。仅两个多月，破获刑事案件143起，破现案66起、隐积案77起，破案率分别达到99%和90.79%，其中重特大案52起，抓获犯罪嫌疑人113名，摧毁抢劫盗劫敲诈犯罪团伙15个，缴获现金、彩电、摩托车、香烟等价值38万余元的物品。"严打"以后，遂川县刑事案发明显减少，治安状况日益好转。尤其是5月14日中央电视台慰问团来遂川县演出，5万余名观众，其壮观场面前所未有，秩序井然良好，史无前例，这次演出充分检验了遂川"严打"的良好成效，在这丰硕的成果中凝结了张新富许多无价的心血和无私的奉献。

从警25年，张新富在基层派出所兢兢业业干了14年，在副局长领导岗位上干了11年，他始终坚持立警为公、执法为民、爱憎分明、淡泊名利、热情服务的指导思想，保持了艰苦奋斗、雷厉风行、作风正派的工作作风，忠实地履行了法律赋予他的职责，依法办案，把党和人民的利益当作自己的生命来看待。他在工作上勤勤恳恳、任劳任怨，从不计较个人得失。他有一颗坦荡无私的心，他为人忠厚诚实、宽厚待人。

老张1992年4月担任公安局副局长、党委委员以来，讲学习、讲政治、讲正气，作风民主，胸怀开阔，精诚团结，关爱民警，乐于助人。他对待民警有一颗火热的心，只要哪一位民警或民警家属有生老病死，他总是要去看望、慰问，为困难民警排忧解难。他担任公安局副局长以来，从不唯利是图，不占不贪，做到严于律己，他从来不利用职权为自己办私事。他先后分管纷繁复杂的刑事侦查、办公秘书、户政、经济侦查、财务、后勤保障、基层派出所等各项工作，率先垂范、廉洁奉公、光明磊落、实实在在地做事，老老实实地做人，在全体民警中起到了表率作用，在全体民警中树立了学习的榜样。

张新富对工作有强烈的事业心和责任感，在派出所工作14年，无论是当一般民警还是当派出所所长，他总是全力以赴，对人对己严格要求，与民警们同舟共济、同甘共苦，他以所为家，以局为家，舍小家顾大家，日日夜夜奋战在岗位上，一年难得休息几天，常年上夜班，埋头苦干。1998年6月，张新富由于长期得不到休息，积劳成疾，患上了高血压，局领导劝他多休息，但他却照常忘我工作。他分管刑事侦查工作以来没有好好休息过一天，没睡过一个好觉，率领刑警大队的民警常年奋战在最艰苦的第一线，打团伙，破大案，扫恶霸，南上北下，赴广东、闯福建、追逃犯，他工作起来常常通宵达旦，就像一颗螺丝钉一样扎扎实实奉献着。

2002年3月，张新富从领导岗位退下来以后，家人和同事都劝他多休息，但他心系公安工作，服从组织安排，积极主动支持配合新一届党委领导班子的工作，尤其在配合县委、县政府东路小区拆迁工作中，做了大量的工作，就这样，25年来，他埋头苦干，默默无闻，超负荷工作，把生命置之度外，为公安事业奋斗终生。2003年11月14日上午9时48分，他一大早就穿上警服，准备吃过早饭就去上班，不幸的是，由于太累了，突发疾病，与世长辞。

那年，他才 56 岁。老张离开了爱他的职业，离开了他永远爱的职业。他的妻子和儿女悲痛万分，遂川 300 多名民警哭别公安战友，他的离去，给他的家庭带来了莫大的打击。

张新富在长期的警察生涯中，时刻牢记党的宗旨和人民警察的神圣职责，恪尽职守，两袖清风，艰苦拼搏，顽强进取，勇于冲锋陷阵，身临险境临危不惧、舍生忘死，与形形色色的违法犯罪活动展开了长期的、艰苦的、大无畏的斗争，他先后办理和参与刑事侦查案件 2000 多件，治安案件 3000 多件，抓获违法犯罪分子数千人。

张新富入警后对党的事业和公安事业无限热爱，忠心耿耿，在工作中殚精竭虑、忠于职守、呕心沥血、无私奉献、屡立战功。1990 年他被评为全省优秀人民警察，荣立二等功一次，多次被评为市、县先进个人，获优秀共产党员、优秀公务员称号，1997 年被评为全市学习邱娥国先进个人。张新富是一位人民的好警察，公安战线的好战士。他所分管的部门多次获评全国、全省、全市先进单位，110 的筹建和公安局基础建设以及 1998 年、1999 年遂川县公安局先后荣获全国、全省优秀公安局称号等，都凝聚了他的心血和汗水。

父子英灵铸警魂

张新富的家庭是一个警察世家，他一家四口，妻子原来是遂川县粮食部门的职工，企业体制改革后，下岗在家。女儿张铃铃大学毕业后考入遂川县供电公司担任会计员，是一个优秀的员工。儿子张黎明大学毕业后，于 1996 年通过招考进入遂川县公安局交警大队，成为一名合同制民警。当年 7 月，虚心好学的张黎明考入中国人民公安大学交通管理专业学习两年。张黎明学到了交通管理知识，在学校，他被评为优秀大学生。毕业后回到遂川县公安局交警大队办公室从事文秘工作。两年后，张黎明为了把学到的知识应用到实际工作中，申请下到执法一线担任交通民警。

2009 年冬，江西省开展统一"奋战 120 天，坚决遏制重特大道路交通事故"专项整治行动，张黎明在遂川 105 国道执勤，查车、纠章、维持秩序，连续作战两个多月没好好休息。

2010 年 1 月 12 日，张黎明在遂川县 105 国道执勤，在他连续处理完 3 起交通事故后，当晚 8 时许仍加班工作，在调解一起交通事故纠纷案件的过程中他突然呕吐，并晕倒在地，随后被紧急送往遂川县人民医院，诊断结果为脑出血，当晚被急送赣州市人民医院抢救，却医治无效，于 1 月 14 日凌晨牺牲，年仅31 岁。

青山哀鸣，江水呜咽。张新富父子把毕生的精力献给了崇高的公安事业，为国捐躯。他父子俩在平凡的岗位上做出了不平凡的业绩，父子顾全大局，光明磊落，忍辱负重，谦虚谨慎，廉洁奉公，以身作则，待人宽厚，一身正气，忠于职守，树立了人民警察良好形象，为公安工作奋斗终生，把自己的一切奉献给党、奉献给人民。